大酱女Style

〔韩〕白荣玉 著　荀寿潇 译

南海出版公司

她的祈祷文

置地广场的阿玛尼啊，
请赐我之履以神圣，
赐我以普拉达，
令我购于中环，
如同购于巴黎。
请赐给我们 Visa 卡，
并宽恕我们空空如也的银行户头，
如我们宽恕拿走手续费的人一般，
令我们不沉迷于三越百货，
挽救我们于永安旅游。
愿香奈儿、高缇耶、范思哲、D&G 与我同在。
阿门!

——戴维 · 埃文斯
《南华早报》Lai See 专栏

目 录

编辑笔记

1

我坐在咖啡馆里，眼睛望着窗外，屁股下面的椅子硬得像放久了的法棍面包。

对面是家乐丽雅百货商场。四月的狎鸥亭洞大街上没有樱花，只有橱窗里的假樱花在绚烂绽放。

一个女人站在橱窗前，一只手托着下巴，一只手松松地挎着白色的戈雅手袋，像挽着爱人的胳膊。在下午两点的强烈阳光下，女人微微眯起眼睛，食指尖含在嘴里。吸引她的是本季最时尚的马克·雅可布手袋，想必她已经把几个月的工资掂量来掂量去，在心里喊过几千遍“不行”了，可欲望一旦产生，势必很难压制。她半张着嘴，湿润的嘴唇几乎要碰到那个手袋了。此时她最渴望亲吻的应该是那个手袋，而不是哪个男人吧。

咖啡冒着热气。

我下意识地把脸凑了上去。

杂志附赠的洁面乳是正品吗？等会儿回到办公室，一定要问问美容编辑。自从用了那个洁面乳赠品，我总觉得肤质变差了，十分干燥，照镜子都看得到脸上的皮屑，再加上像撒哈拉沙漠的沙子的一脸黑痣和雀斑，倘若身边走过一头骆驼，那才叫相映成趣哪！不管多么不情愿，仍然得承认，眼前这张脸分明就是写满了疲惫的三十岁女人的脸。

我就职于一家时尚杂志社，这已是第八个年头。

在这里，三十岁的女人挖空心思装扮自己，希望看起来像刚刚出浴的妙龄少女。

在这里，光是马克·雅可布这个品牌，就能写出十一页的现代诗。

“李记者，路上堵车，二十分钟后到。抱歉！”

手机短信后面，“4.19”几个数字闪烁不停，显示着今天的日期。

咖啡一股苦味，大概是咖啡豆炒糊了，但这杯咖啡就是我的午餐，只能硬着头皮喝下去。

我拿起手机回了条短信。

“没关系，我等您，请别着急。”

“4.19”这几个数字又在下面闪烁。

突然，我想起一个新生对自称属于运动圈的学长说的话：

“您去哪个健身俱乐部运动？那儿的教练怎么样？”

或许说话的女孩就是我。

那是十一年前发生的事。

如今这个时代的人们，认为切·格瓦拉的革命精神也像星巴克的拿铁咖啡一样可以外卖，而所谓的革命就是把穿衣尺码从L

码减到S码，把身高从一百六十厘米拉长到一百七十厘米，把细得像筷子一样的铅笔裤穿在身上展示笔直的双腿，把莫罗·伯拉尼克之类的鞋穿得漂漂亮亮的。

如果女人身上真的发生了革命，该死的节食之类的“壮举”一定会从地球上永远消失，新的时代会到来。肥胖的女人会扬眉吐气，平胸的女人会趾高气扬，而胸大的女人大概会嫉妒平胸的女人，整形医生每天都会听到这样的话：

“快把我傻大傻大的C罩杯变成优雅美丽的A罩杯！”

首尔乱糟糟的。

樱花的花苞像爆米花，越膨越大，随后噼里啪啦地绽开，春天正一步一步地向顶峰攀登，人们陆陆续续换上了轻薄的春衫。轻风拂面，带着充满诱惑的泥土气息，令人心醉。可是，突然间，四月的樱花上落下了十二月那种暴雪，花瓣不是在春风中悠悠飘飞，而是浸着雪水匆匆坠地，令人心碎。

我的室友恩英看着眼前的情景，感慨地说：

“这是休克死啊！”

真是个奇怪的季节，连花都生了病。伟大的诗人艾略特曾歇斯底里地喊：四月是最残忍的季节。果真如此。

气象厅预告说本周会出现倒春寒，但办公室里没人相信，结果呢，大部分同事感冒了。

“权威的国家机构发布的消息，还是有必要听听的。”

恩英对一大早就坐在餐桌旁擤鼻涕的我说。

“你知道吗，地球变暖，气候异常，罪魁祸首就是像你这样的人。人类对环境的破坏，你抽的烟也算得上一份。”

很长时间以来，烟就是我的早餐。

“你觉得把烟换成淡烟，人生就轻松了吗？劝你还是戒了吧。”

恩英的话没错。

改抽淡烟后，我慢慢变成了一个烟鬼。据分析，人们在抽焦油含量低的烟时，会下意识地吸得更深、抽得更多，这可真是自相矛盾。

差不多十年了，早餐抽两支烟，午餐喝杯咖啡凑合，晚餐暴饮暴食，结果我变成了现在这样：屁股像百褶裙一样皱皱巴巴，肚子像泡泡袖一样鼓鼓囊囊，大腿松松垮垮，一点肌肉也没有。

报纸杂志一到四月就引用“四月是最残忍的季节”之类的说法，我不想重复。但今年的四月真是疯了，又是冰雹又是暴雪，简直和肆虐的沙尘暴一样糟糕。就我个人来说，让四月变得更残忍的是减肥。如果有能把人瞬间从L码变为S码的魔法，我恐怕会像浮士德一样出卖灵魂——如果我还有灵魂可以出卖的话。

我在名叫《A》的时尚杂志社工作。《A》是拥有百年历史的法国时尚杂志。

我工作的单位是《A》杂志韩国分部，所在部门是专题部。

时尚杂志一般分为三个部门：时尚部，美容部，专题部。

我所在的专题部相当于报社的文化部。杂志里除了时装（负责时装与设计师）和美容（负责化妆品、美容手术等）方面的内容外，其他内容都归专题部处理。文学、电影、戏剧、美术、音乐以及对艺术家和演员的采访，关于生活方式的一切都由我们负责，简而言之，专题部就是“杂烩部”。

几天前，次长分配我做一个荒唐的报道——“Skinny Jean（修身牛仔裤）体验记”。

如果是写酒店的冬季套餐、顶级SPA体验记，或法国蓝带烹饪艺术学院那样的厨艺学校举办的巧克力讲座体验记，我会欣然同意。比如去年在独身女性中流行接受精神分析，我就约谈了一位著名的精神科大夫，写了“我的精神分析体验记”。人们希望看的有益的体验记多如牛毛，为什么偏偏要让我写这种猎奇的体验记呢？我又不是时尚部的。

“你是我们社最胖的呀！”

几天前，次长在办公室里大声说出了这个理由。

这就是二〇〇七年四月十九日，在时尚杂志《A》韩国分部工作的我——李瑞贞的位置。

李瑞贞，三十一岁，《A》杂志社最胖的编辑。

“我说错了吗？”次长盯着我的脸问，“难道不是吗？”

坏女人！我也知道自己不瘦，但不瘦和胖是截然不同的概念，这个每天喋喋不休地强调细节的家伙，就不能区分一下“不瘦”和“胖”的细微差别吗？

“如果让时尚部那些干柴棒儿写修身牛仔裤体验记，读者会觉得有趣吗？恐怕只会感觉没有说服力！”

次长看着我的脸，又补充了一句听起来像表扬的话。

“你是最佳人选，况且，你的文章写得也比时尚部好点。”

我用力一咬牙，硌得下巴生疼。

“写不了，我不写。干脆炒了我吧！”

我针锋相对，毫不示弱。在她说“不写就别干了”之前，我索性先发制人。谁愿意跟这个当面说后辈胖的女人共事呢？但突然间，一些东西挤进了我的脑海：现在我的银行账户里还有多少存款？房租怎么办？那双早就看上的名牌皮鞋再过两个星期要打折了……

“你不想穿艾迪·斯理曼设计的衣服了吗？”

“不想穿！前辈您尽情穿吧！”

朴季者笑起来，我差点下意识地抬手堵住她的嘴。我从不跟朴季者开玩笑，原因只有一个：她的笑声让我直起鸡皮疙瘩。

别吃惊。这个女人的名字就叫“季者”。

朴季者，《A》杂志社时尚、美容、专题三部门的联合总监，职衔是次长。

杂志社的后辈都称呼她“季者前辈”。她的名字引出各种各样的疑问：取名叫“季者”，难道知道以后会当记者吗？难道她父母的职业是占卜师？

也有人会怀疑：“这个名字是真名吗？”

有的实习生或新职员，听信了季者前辈“有什么疑问或困难尽管直说”的话，当面问了这个犯忌的问题，统统坚持不了两个月就离开了。这个世界上所有的老板都一样，口口声声说“我不会介意”，其实等于说“我非常介意”。那些年轻人涉世不深，还不能参透上司话中的真意，也没人会耳提面命，谆谆告诫他们：职场铁律第一条是老板决定一切，至于逻辑、理性、常识、成果、人性等美好的词语，只要老板一句话就统统作废。

“奇怪了，那小子怎么看都不顺眼。”

于是，不管进公司时胸怀多么远大的抱负，多么想当一名好记者，都只能乖乖地跟此地永别。

“你是说，你不想穿艾迪·斯理曼设计的衣服？”

她脸上总是带着那种模棱两可的表情，让人分不清是在哭、在笑还是在生气；鼻子下面那两片犀利的薄唇，比古琦本季的高跟鞋跟还要纤细，却能轻轻松松置对手于死地。朴季者的长相是标准的现代版魔女脸。

为了发泄对她的愤怒和不满，我们只能背地里进行反击。她的容貌、她的错误、她的语气，一切一切，尤其是那两片嘴唇，都成了被议论的对象。

“不抹唇膏，还以为她没嘴唇呢。”

“是不是吃肉时把嘴唇一起吃掉了？”

“怎么可能！一定是喝咖啡时吸溜吸溜地吞下去了。”

这些讽刺挖苦，朴季者不可能一无所知，但她完全不为所动。即使后辈们有意无意地让她听见，她那张脸上的表情依然不变，那张嘴里吐出的话依然带刺，简直让人怀疑她是不是没长耳朵，是不是像童话里真正的魔女那样，那一头长发下面只有两个小圆孔。

“你的话，我到底该不该相信呢？”

我转过头，不看季者前辈的脸。

这个办公室里，没有一个人能拒绝艾迪·斯理曼设计的衣服。如果用食物来比喻他的衣服，贝果面包或华夫饼干提都不要提，时下流行的纽约式早午餐或午时套餐也不够档次。他的衣服就好比摆满新鲜的鱼子酱和芳香的松露菌的餐桌，好比一年一度的唐培里侬香槟王晚宴。但问题是，我的身材根本穿不了他设计的衣服，而令我尤为尴尬的是——艾迪·斯理曼是男装设计师！

身为迪奥男装的首席设计师，他并不设计女装。季者前辈的话是说，我胖得连男人的衣服都穿不上。在减肥成为都市女性的新兴宗教的今天，面对这样的处境，又有哪个女人能不尴尬呢！

每天早上，我都问恩英：

“我的脸看上去是不是比昨天大？裤子是不是紧贴在腿上？是不是又胖了？”

我的室友总是不耐烦地说：

“小腹该减两公斤，大腿减三公斤，屁股减两公斤，合计减七公斤。”

我的体重是五十六公斤，已经三年未变了。

三年间，我衣服的尺码一直是M，如果变成L，或许我会悄无声息地到浴室里找条毛巾吊死。

一般来说，身高一百六十六厘米、体重五十六公斤的女人并不显得肥胖，但问题是也绝不算苗条。你去健身俱乐部看看，那些边看On Style频道边蹬动感单车的女人，上了踏步机就不肯下来的女人，还有手持矿泉水在跑步机上汗流浃背的女人，有几个是真正胖的？她们拼命运动，不是为了减肥，而是为了——

比现在更瘦。

直到骨瘦如柴。

四十七公斤的女人认为自己比四十五公斤的女人胖，四十五公斤的女人哀叹自己为什么没有演员金敏喜或模特张允珠那样细长的腿。在这个世界上，没有一个女人认为自己够瘦。

如今的都市女性，大部分染上了名为“我太胖”的精神病。尤其是在时尚界，不瘦就会备受责难。在这个圈子里摸爬滚打了许多年，留给我的就是对自己肥胖身体的诅咒。这个时代的设计师都是恶魔，而我却不是能抵制恶魔诱惑的天使，只是一个平凡的俗女人。

艾迪 · 斯理曼!

这位伟大的男装设计师堪称二十一世纪的时尚纪念碑，他是个伟大的形态学者，亲身试验了人的身体能瘦到什么程度。他也是个世界性的酷刑发明者：通过开发只有凯特·摩斯和格温妮斯·帕特洛等瘦到病态的少数二十一世纪优良族群才能消受的“超紧身（Super Skinny）”这个新的时尚门类，把男男女女都变成了节食强迫症患者。

他是“节食教”这一新兴宗教的教主，也是二十世纪八十年代朋克和浪漫主义美术品的爱好者。这位艺术家最突出的一点是将他的规则严格应用于自身。

艾迪·斯理曼曾经只吃奶粉减肥，借此摇身一变为他钟情的排骨身材。看他的照片就一目了然：眼眶空洞，眼球似乎随时会迸出来，双颊深陷，整个身体像一根牙签。尽管如此，他细长的手指仍然十分活跃，朝着为他的服装提供灵感的缪斯——大卫 · 鲍伊等八十年代摇滚明星风格的、苍白羸弱而长相标致的男人们——不停地摁下快门。

重要的是，他那貌似有骨质疏松、消化不良、厌食症、慢性头痛等一百种现代病的身体，经过修整和重新组合，看上去颓废到病态，却很美丽——时尚杂志是这么说的。

男模特穿上艾迪·斯理曼设计的时装，会散发出魅惑的气息。电影演员姜东元多帅啊，本月杂志上他穿的衣服像皮肤一样紧贴在修长的四肢上，那都是艾迪 · 斯理曼的作品。人们不惜变得瘦骨嶙峋，也渴望穿上艾迪 · 斯理曼设计的衣服，正是因为他的设计独具魅力。

艾迪·斯理曼的衣服超越了性别和年龄。好莱坞女星妮可·基德曼喜欢穿他设计的衬衫，他的竞争对手——香奈儿设计总监卡尔·拉格菲尔德为了穿上他设计的西装而狂减了四十二公斤。拉格菲尔德没有像嫉妒莫扎特的才华的萨列里那样发疯，而是选择爱上这个特立独行的年轻时尚天才，又减轻了体重，又穿上了漂亮衣服，可谓一举两得。

一心想穿上艾迪·斯理曼设计的衣服的人，我身边也有不少，我知道的某个女人（不是男人）就为此做了吸脂手术。男人们开始饿肚子，模特开始死亡，因为设计师争先恐后地设计小一码的时装。口口声声喊着“整个时尚界都该醒一醒了”却争着穿他的设计的人，多得数不胜数。

那又何止是男人！

“我记得你亲口说过你想穿，有没有这回事？”

季者前辈紧盯着我的眼睛问。

这是不幸的开始。在企划会议上为了打破冷场而提出这个异想天开的计划的，其实就是我。我当时说，也有不少女人想穿艾迪·斯理曼设计的衬衫或裤子，但那是男装，所以还没有女人的体验记，因此写一篇关于穿男装的女人的故事似乎挺有趣。那天主编的反应很冷淡，我压根儿没想到自己会被分派负责那个计划，无论怎么说，那都属于时尚部负责的范围啊！

“我穿不可能合适。”

我再次向季者前辈抗议。

“所以要试试看嘛。”

“都说过不合适了！”

“你不是喜欢冒险吗？不是因为这个递了三次辞职信吗？”

坏女人！专找这样的话说！

“修身牛仔裤过时了吧？”

“你是在装傻吗？修身牛仔裤通过改变布料和款式进化了，你真的不知道吗？”

“前辈！”

“你知道我不愿意重复说过的话吧？动手吧！六月底完成！”

季者前辈的言行举止让人感觉，所谓魔女不是后天修炼成的，而是生来就是。有些女人在妈妈肚子里就准备好了出生后用的黑帽子和扫帚，比如朴季者之流。

关于这类天赋异禀，还有其他例证——就是我们的主编。

主编是个极端的唯美主义者，认为整个世界都该用美丽的东西装饰起来，不美的东西就没有存在的价值。恐怕她在妈妈肚子里就把脐带一点一点嚼烂了，做成十五厘米的高跟鞋穿在脚上才肯出生。她和相信整个世界都该用“残酷的东西”做成血盔甲的朴季者是亲密无间的合作伙伴。都说极端和极端是相通的，难道美丽真是残酷的吗？

最终，朴季者留给我一句残忍的话，仿佛匕首刺入我的胸膛。

“联系好张东健了吗？七月号的采访就定张东健。”

或许，世界上最困难的事情之一就是联系采访韩国的当红明星，尤其是张东健。

咖啡馆的门开了，一个女人走进来。是夏日电影公司的宣传部长李美静。她穿着一双菲拉格慕女鞋，是她喜欢的牌子。这个牌子的鞋被时尚杂志记者戏称为“我是清潭洞闺秀”。或许那双带着金色蝴蝶结装饰的皮鞋里封闭着她隐藏起来的欲望。

“来晚了，真对不起。”

经常在片场工作，说话声可能会不知不觉变大，咖啡馆里回荡着李部长洪亮的声音。她点咖啡的时候，我留心观察她的表情：是否疲倦，是否带来了好消息，是带给我一捧鲜花，还是丢给我一坨垃圾。

“我走的圣水大桥，车太多了，堵在桥上动不了。”

她从钱包里掏出名片递给我。这是我收到的第五张了，但我没说什么，双手接过名片。不就是接个名片吗，一百张也没关系。

“我呀，在这里等一个星期也没关系，只要能采访郑诗莲。”

“这里很有特色啊。音乐，喜马拉雅咖啡——我还是第一次见到卖这种咖啡的地方呢。”

我恨不得立刻开口询问电影演员郑诗莲的情况，但不能那么做，只好笑着端起桌子上的水喝了一口，说：

“这里卖的是有机咖啡，据说不光使用有机原料，而且只使用不剥削童工劳动力的企业的原料。您听说过‘公平贸易咖啡馆’或‘讲伦理道德的咖啡馆’吗？这里的桌子椅子都是用旧材料翻新的，笔记本和卫生纸也是用再生纸做的。这里不用纸杯，因为一次性用品破坏环境。”

“以前光听说过有这种地方……”

我去年采访过这里后，约人见面时常把地点定在这里。但此时此刻，重要的不是“公平贸易”或“伦理道德”，只要能采访郑诗莲，即使采用不道德或不公平的手段也在所不惜。

“您想知道我带来的是什么答案吧？”

李部长嘴角露出一丝微笑，故意卖关子。

为了采访演员郑诗莲，我一年前就跟电影公司宣传部的负责人通过电话，后来每个月都给她的经纪人打三四次电话，表明我们杂志在此事上的诚意。郑诗莲接拍电影《托克》后，我隔三差五就买些吃的带着去片场，在那里一待就是一天，为的是联络感情，同时给电影公司和经纪人施加压力。因此，郑诗莲的经纪人看到我总是说：

“最近一见到李记者，胃就停转了，你简直是跟踪狂。”

站在现场送饭车的配餐台前跟摄制组一起吃了几次饭，结果经纪人给我起了个天底下最土的外号——“跟踪狂李”。

或许有人会问：只不过是采访一个演员，何必这样自讨苦吃？原因只有一个——像我这样傻的记者越来越多了。

记者们采访演员的过程足以让詹姆斯·邦德汗颜。阴谋与背叛，谋略与喜剧，花样百出，可谓登峰造极。为了定下采访，至少要提前三个月跟电影公司和经纪人联系。如果不顺利，就得从其他角度突破，比如找演员常去的美容院的院长，或者全方位动员自己的人脉，连八竿子打不到的亲戚都会翻出来。媒体越来越多，而明星相对太少，这是问题的症结所在。既然供需严重不平衡，竞争越来越激烈就不可避免。

杂志界的传奇人物、《MODE》杂志电影版负责人白维真记者，为了采访电影演员R，给他发了一封邮件。传说那封邮件中除了寒暄，还包括足足五页A4纸的附件，那不是对演员R的演技和电影的泛泛褒奖，而是品评了R以自己的方式演绎的台词，分析了铺天盖地的媒体评论，提出了R未来的发展规划，解释了自己采访的构想。这篇文章可谓R的演艺传记，几近博士论文的篇幅囊括了R作为演员的整个宇宙。

传说R读完她的邮件，心悦诚服地流下眼泪，还有人说他感动得号啕大哭，那或许有些夸张，但无论如何，这个趾高气扬地表示只接受专业电影杂志采访的演员被她的诚意打动了。每次我搞不定采访对象而向主编求助时，她都会搬出《MODE》的白维真记者，问我，是诚意不够，还是策划能力不够？

相当于博士论文篇幅的电影评论，我也写得出。可是，郑诗莲读着我的文章打瞌睡的样子，光是想想就让人泄气。

“那么，郑诗莲答应接受采访了吗？”

“我有一个好消息，一个坏消息，您要先听哪一个？”

我不需要坏消息，只要听完好消息，立刻就把李部长扔到窗户外面去。

“先听好消息。”

“同意接受采访。”

哈利路亚！

“我把李记者写的采访报道和《A》杂志拿给她看，向她施压，她说对李记者的文风和杂志都很满意。”

阿门！

如果采访不到郑诗莲，我一定会被主编活埋。她会一边拿着铁锹往我头上撒土，一边说：“《VOGUE》和《BAZAAR》都做到了，我们为什么做不到？难道我们的杂志不如他们的？你还算是专业人士吗？”

“要不要告诉您一个更好的消息？”

我点了点头。

“是独家采访，郑诗莲说不愿分散精力。”

天哪！

“不过有个条件。”

现在开始是坏消息了。不过能达到这个程度的话，什么条件我都愿意接受。

“上次你们不是采访过全度妍吗？”

全度妍的采访是季者前辈做的。

“我记得当时共二十五页。”

“怎么了？”

“郑诗莲说必须超过那次的篇幅，要三十页以上。”

不是三页，而是三十页？我难以置信地瞪着李部长。

“那是创刊纪念特辑的专题，所以特别长。您也知道，全度妍是演艺界数一数二的蓝筹股……”

“知道，我知道！”李部长打断了我的话，“不过，美国杂志《W》有一期几乎从头到尾都是安吉丽娜·朱莉和布拉德·皮特的照片，我们并没有要求达到那个程度啊。另外，郑诗莲希望拍一辑有故事情节的照片，她本来就有点特立独行，而且这样做和我们这次拍的电影很对路。”

“美国杂志的体系跟我们的完全不同。”

“别的暂且不说，篇幅超过全度妍这一点是没商量的。”

李部长似乎也很为难，叹了口气。

“她说，否则就不接受采访。”

这种采访从来没有一帆风顺的：联系采访对象是第一道难关；过了这一关，难保拍摄时不出岔子；如果拍摄进行得很顺利，通常会接到经纪人打来的对报道的抗议电话。没有事情拧成团了就炸麻花吃的气度，在这个圈子里根本混不下去。

“摄影师、造型师、发型师、化妆师，都要最好的，要比全度妍那时的更专业。”

作为演员和电影公司的代言人，宣传负责人开始一条一条地列出条件。我一边听她说一边喊着“不行”、“绝对不行”、“不可能”，但最终还是会打电话给她说：“问题都解决了，让我们动手拍吧。”

“我们有国内最强的阵容，个个都是顶尖好手，您不可能找到更好的了，除非直接给史蒂文·梅塞或彼得·林德伯格打电话。”

我语带嘲讽，声音也提高了，李部长皱了一下眉头。我本不想用这种嘲讽的口气说话，但在那些不讲理的要求面前，潜藏在心底的揶揄的本能跳了出来。

我喝了一口冷咖啡（世界上大概没有比放凉的咖啡更难喝的东西了），定了定神，压低声音说：

“李部长，说到造型，我们杂志社的造型师是最好的，您也知道吧？”

“是的，听说过。”

“篇幅问题，请给我点时间，得跟主编商量一下。”

“请尽快给我回话。时间不多了。”

“明天给您电话。”

“我也没办法。演员们太……您也知道的，刚才还又笑又闹，不知为什么就躲到角落里哭起来，这就是演员。您跟演员打交道也不是一天两天了，应该很清楚。请您理解我的立场。”

我确实很清楚，对演员来说，入戏出戏都是考验。

“我也希望能跟《A》杂志合作，你们那个‘Doctor Restaurant’专栏，我每期都读。我们理事也特别喜欢那个专栏，才欣然同意把采访交给你们做。您明白吧？”

我点了点头。

“有些话咱们私底下说说，郑诗莲不是久未露面了吗，现在变得非常敏感，对宣传很不配合。上电视宣传想都甭想，上周宣传理事提了提上‘鲁莽道士’节目，她那一通闹啊！对我们来说，《A》杂志是唯一确定下来的宣传媒体。如果传闻说这次的电影是因为宣传搞砸的，我恐怕会被公司炒鱿鱼。”

“别担心。”

这算是同病相怜吗？无论如何，我们是在同一艘船上的。现在这个社会，如果被水冲走，甭指望会有人拉你一把，甚至幸灾乐祸地喊“一路走好”的也大有人在。

“有件事想告诉您，可能对您的请示有帮助。”

“请说。”

“还有一位其他杂志的编辑，从六个月前就开始给我打电话，听说我们定了《A》杂志，她十分失望，听声音像要哭了。”

李部长看着我。

“这次的杂志宣传日程中只安排了一个地方，如果《A》杂志不成，我们只好选择那里。那个编辑说就算去海外拍摄也没问题，刚才说的篇幅也满口答应。”

我感觉脊背发冷，体内各种荷尔蒙似乎在沸腾，肾上腺素、雌激素、多巴胺，甚至那使老年女性越来越强硬的男性荷尔蒙睾酮也跨越二十年的时间飞奔而来。

“是哪个杂志？”

“这种事能说吗？”

“有什么关系呢，那算什么秘密啊。”

我脸上堆着和气的笑容，手却在桌子底下紧握成拳，指甲掐得手心生疼。

在郑诗莲身上，我下了整整一年的功夫，如果有人敢半路截走，不管她在什么地方，我也要造炸弹把那里炸平，再冲进废墟找到那个编辑扔到窗外，毫不手软。

“是《MODE》的白维真记者。”

Welcome!

欢迎来到冷酷的时尚杂志世界！

2

“踩到狗屎了，你！”

恩英有个本事，不论多复杂的事，她都能概括成一句话。对哭着控诉男友三个小时的闺蜜，她用“变心了”三个字就打发了；对连打三天电话倾吐心中烦恼的后辈，她用“下决心吧”四个字就搞定了。

“郑诗莲？你知道她是我们产品的代言人吧？恭喜你，有机会替人擦屁股了，要不要送你点手纸？”

该死的！

恩英看着我的脸，大笑起来。

崔恩英，我初中、高中的同学，室友，公关公司EU的室长，时尚界的知名人士。G、L、P、D等国际名牌顺利进入韩国，恩英功不可没。她身材修长，容貌姣好，生性活泼，不但精通英语、法语，连日语和汉语都运用自如，一向深受韩国分公司总经理的信任。她最讨厌的是故作高尚的俗人，但又十分清楚把产品宣传委托给自己的重要客户多是那种人。这个朋友的理性比感性发达得多。

不过恩英最能发挥价值的领域是恋爱学。

恩英是公认的时尚界万事通，从谁跟谁睡了、谁被谁甩了之类的八卦消息，到设计师品牌的并购问题、电影或演艺娱乐方面的投资问题，她都无所不知。托她的福，我躺在沙发上，就能了解圈内人曲折离奇的恋爱故事，像看一部五十集的电视连续剧。

"奇怪了，朴季者一向对采访很贪心，像郑诗莲这样的明星怎么会让给你呢？"

恩英若有所思地看着我问。

"季者前辈负责这个月杂志的封面，恐怕是忙得顾不上了，所以交给了我。"

我看着电视购物频道回答。

"不可能。"恩英扬了扬眉，从鼻子里哼了一声，"联系有代理负责，造型和翻译都外包，她本人还有什么要干的？顶多是翻翻外国杂志，找找试行方案，敲打敲打造型师而已。"

"毕竟是吉赛尔·邦辰啊！国际超模来了，能不操心吗？"

"啧啧，你还真够单纯的。要不你怎么干了八年还是个普通编辑！朴季者是什么人啊，就算是凯特·摩斯来了，她也不会把郑诗莲那样的大明星拱手让给你！"

恩英在沙发上坐下，倚着靠垫。

"听说朴季者明年要出书？"

"嗯。"

"郑诗莲不接受采访是出了名的，坦白说，她确实有点难缠，但也确实很有魅力吧。要是能在采访集里放上郑诗莲那样的演员，书就像样多了，是不是？"

"这个嘛……大概是吧。"

"你可别再像以前那样，费尽九牛二虎之力联系好了，又被朴季者抢走了！”

“我心里明白。”

“打起精神来！搞不清状况，你就一辈子出不了头。朴季者可是个中高手，你在她手下干了这么久，守着这个翻云覆雨世界第一的师父，怎么还是什么都没学会呢？难道你还不了解那种坏女人吗？就是因为有你这样的傻瓜，那种坏女人才能成功。”

如此说来，确实很奇怪。今年的一月号有三篇采访演员的稿子，季者前辈一开始说要把三篇全包了。她这个人，即使交稿后因疲劳过度而被救护车送去急救，即使不能参加婆婆七十大寿的寿宴，即使不能参加孩子的才艺表演会，也不管对方是前辈还是后辈，只要有好活儿，都会忍不住抢到手。

公司里能管得了她的只有主编，主编出面把采访分给三个人做后，朴季者整天歇斯底里地发神经。那几天，我和韩在石作为她的手下，简直如坐针毡，恨不得把手里的采访拱手让给她，只要她能消停消停。

“这次拍摄，谁负责给郑诗莲造型？”

恩英问。

“韩智仙。”

“不是金民俊？”

“你以为我不想跟民俊前辈一起做吗？”

“好极了！跟那个臭丫头一起工作真不错。”

恩英开始咂舌。

“韩智仙造型的水平好歹还可以，之前被郑诗莲拒绝的造型师有一打呢。她挑剔得要命，光是确定造型师就花了一个多星期。”

“上次你跟韩智仙打那一架，解决了吗？”

“别问了。”

简而言之，我和韩智仙在公司里是公开的宿敌。谁在公司里都可能碰到一个那样的人，就是横看不顺眼、竖看还是不顺眼的那种。

我刚进公司的时候，整个办公室都在窃窃私语，说出现了一个穿着八十年代卓丹牛仔裤的村姑。这种议论的源头就是韩智仙。她信口开河是出了名的，人送外号“大嘴巴”。

“你给郑诗莲拍照的时候要小心，说不定衣服穿上身，她就不肯脱了，搞不好连戴的项链耳环也坚持要带走。”

“真的吗？”

“还有，她那个经纪人啊，对她唯命是从，只要听见她喊他，必定在三秒钟内答应：‘是，主人！’”

我不知道恩英是在说真的还是开玩笑。

“话说回来，反正是韩智仙负责造型，倒也没必要告诉她。”

宣传负责人没有一个喜欢韩智仙的。韩智仙要求多，挑剔多，能让她满意的人，恐怕只有没必要让她满意的主编和季者前辈。但不管韩智仙怎么样，这次只能和她一起工作了。

“别说了。如果这次采访出了岔子，我就死定了。”

“好。不过，要是你早告诉我要采访郑诗莲，我一定会拦住你。好歹是室友，互相不通气能行吗？”

“喂！你最近什么时候准时回来过？”

恩英也好，我也好，都是从事信息传媒业的，一个是著名公关公司宣传室长，一个是时尚杂志记者，表面看上去很光鲜，但实际并非如此。《穿普拉达的女魔头》那样的电影只是电影。带司机的公司车？公司置办的梦幻衣橱？把土包子一举变为时尚达人的伟大的同事情谊？那都是典型的“痴人说梦”。

就我来说，没有带我去采访现场的司机，也没有为我检视着装的造型师朋友。但要说为花了太多打车费而唠叨的会计，勒令拍摄时刷卡吃饭不要花太多钱的次长，为少分点任务而鬼哭狼嚎的同事，那就说不完了。

“七点左右下班，看场电影，喝杯酒，跟恋人一起享受罗曼蒂克的情爱，那才是人过的日子吧？”恩英说。

“我连上一次做爱是什么时候都想不起来了，你总算还有不少男朋友。”

“问题是没一个像样的。”

“还在挑挑拣拣？”

我盯着恩英的脸。

“当然了，你吃饭不是也要尝尝咸淡吗？”

“我随身带着盐罐子，淡了就加点，咸了就喝水，成吧？”

恩英开始咂舌。

“李瑞贞，就是因为这个，你才被第一次相亲的男人放鸽子。”

啪、啪……

恩英有时会若无其事地敲打我的“阿喀琉斯之踵”，像拍后背一样，这是从未被石头绊倒过、从未被男人拒绝过的女人的傲慢。

那件事我想忘记——已经七年了。问题是，回想起来，总是历历在目……

上大四时，就在毕业典礼前夕，我被一个男人甩了。

之前跟交往八个月的男人分手了，再之前被交往三个月的男人甩了，但都没有那次的打击那么大——那是我双手捧着亮闪闪的毕业证时接到的分手通报。

那人没有对我说分手的具体原因。我认识的男人都那样，中学时，连年仅十六岁的男生也对我说：

“我配不上你，你应该找个比我好得多的男人。现在不把你送走，我怕以后就舍不得了……”

到底是谁把谁送走？他们摆足架势说出的分手理由，我完全理解不了，于是不顾朋友们的劝阻，问他：“为什么？到底为什么说我们不合适？既然不合适，为什么要跟我谈好几年恋爱？明明说我是个好女孩，为什么要跟我分手？”

我不知道男人本质上多么害怕“为什么”这个问题。当时二十四岁的我，不知道男人的程序规定了不能在女人面前说出“讨厌”两个字。大学四年，我考托业，考托福，修学分，为找工作作准备，因此整天泡在图书馆里，精神上的发育完全停止了。

人生，恋爱，绝不会是四选一的客观题。

如果人生是这种选择题，我一定能选对，因为我很擅长选出正确答案，正是因此才上了大学。可是，叫我选什么呢？我只能对那个男人提出一个主观性问题：为什么？到底为什么？为什么那么做？

“是因为害怕你！这么说你满意了吧？”

最终，男友说出了本不该出口的话。

“你为什么这么固执呢？非逼我说出这样的话来吗？李瑞贞，你真可怕！”

他说完转身就走，砰的一声摔上了咖啡馆的门。我心里的门也咣的一声关上了。

我整天都想笑。那件事留下了很严重的后遗症，也留下了很深的伤痕：在极度恐惧的情况下，我不哭，反而会笑，甚至养成了哭的时候也在笑的反常习惯。

说我可怕?

我想对着他的背影大喊，问他怎么能跟一个这么可怕的女人牵手、接吻。但我没有那么做，因为心里突然涌起一股可怕的杀气。

说实话，从那时起，我对男人变得冷淡了，不是因为男人可笑，而是因为可怕。

我在男人面前摆出一副极其傲慢的样子，对他们冷嘲热讽，还产生了奇怪的强迫症——把所有男人对我说的话、做的事，像围棋复盘似的重新回忆一遍，包括他们擤鼻涕的方法、扣扣子的动作、拎包的方式、发短信的特点等等。

我对男人的态度，类似于珍妮·古道尔等生物学家对动物的态度，也就是对研究对象的行为客观地观察，然后得出结论。我的结论，总是只有一个——男人为性爱而疯狂，最终将死在荷尔蒙上。

我们都是通过自己的偏见重新组合这个世界。二十多岁时，为搜集新的偏见而经历很多失误，积累很多经验；从三十岁开始，一点一滴地确信和强化那些零零碎碎的偏见。别告诉我不是这样。朋友和前辈的热心指点，听得我耳朵都出茧子了，但他们也无法轻易脱离自身的偏见。没错，这个世界上充满了不同的人的不同的偏见。承认这一点后，我活得稍微轻松些了。

过了一年左右，有人给我介绍了一个相亲对象，说是跟我百分之百合适。相亲，是不愿承认自由恋爱的我们家的悠久传统。

“陌生人家的男人绝对不可信任！”

这是“李氏家族”的又一个偏见。

“真的想不起来吗？你怎么能想不起佑振呢？那时候你多喜欢佑振啊！”

姨妈递过来一张照片。

“到哪儿都是第一名的才子呢。”

妈妈相信，不是S大毕业的人既无权恋爱也无权结婚。她看着我的脸，着重强调“第一名”和“才子”。

江正南女士——我从未称呼过她“母亲”的人。

这位五十九岁的女士常让我怀疑，她真是我妈吗？

但一个明显的遗传因素说明她的确是我的生母：我和她的左侧肋下都有同样的紫色胎记。

妈妈相信，山之声组合的歌美妙动听，金敏基的歌脍炙人口，都是因为他们毕业于S大学。妈妈总是那么傲慢，似乎连一分钟都不想和脑瓜不灵的人待在一起。一看到她那样的表情，我就升起一股无名之火。五十几年的光阴夯实的偏见遮蔽了她的双眼，甚至看不到那偏见的牺牲者就是自己的女儿，这样的妈妈有时令人难以忍受。仅仅因为“孩子是自己生的”，就试图把人生观完全加在孩子身上，这种盲目的自信到底源于何处？她怎么会相信这种暴行是正当的呢？这或许在姐姐身上行得通，但对我来说压根儿没门。

照片嘛，不管多少张我都能撕掉。那年，如果我没有经受失恋的痛苦，就会把那张照片当场撕毁。

可是，人生总是充满例外。当时就属于例外情况。

我紧皱着眉头看向那张照片，尽管只是一瞥，也看得出照片上的男子很英俊。但我搜遍记忆库，不但没有找到叫朴佑振的，甚至都没有类似长相的。我们这个家族号称“女儿富翁”，所有亲戚排成一列，其中一个男丁也没有，如果见过这个男人，我不可能记不住。尽管如此，姨妈还是坚持说我小时候多么喜欢他，甚至说他教过我游泳。

一切都不言自明。这一定是姊妹情深的妈妈和姨妈共同策划的。

妈妈和姨妈讲了很长时间那家的事，甚至讲到了“牺牲和奉献”的精神。

“他的父母一起去肯尼亚提供医疗援助，后来一直待在那里。你知道老两口是多么有爱心的人了吧？在那样的人的教导下长大，儿子的品性是没得说的。”

出人意料的是，听了这些话大受感动的不是我，而是姐姐。

四年后，姐姐真的参加非洲医疗援助团，飞往那片大陆。妈妈闻讯坐地痛哭，甚至威胁说要服毒自杀，但姐姐不为所动，信仰坚定。

牺牲和奉献！那是上帝给姐姐的旨意。

一个月后，我见了朴佑振。那本是大人们为我寻找所谓最佳配偶而安排的相亲，却成了我人生中第二次最重大的打击。

那个来跟我相亲的男人，在我面前出现了不到五分钟，就消失得无影无踪。

他刚离开时，我以为他去了卫生间，但过了一个小时，他还是没有露面，手机也打不通，显然不是去了那儿。我决定再等等看，那是我所知的对人的礼貌。又等了近一个小时，我坐在水晶吊灯熠熠闪耀的饭店咖啡厅里，得出这样的结论：

对男人来说，我或许真的很可怕。

在那失恋的伤口还像干枯的落叶一样沙沙作响的秋季，我明白了——

男女之间产生的屈辱感绝不可能让人泰然处之，不会因为经历过失恋，就更容易承受、更容易咽下。尽管那次相亲时，我已经跟男朋友分手快一年了，但当时的屈辱感一点也没消失，依然完整地留在心中。

那个男人连自己的咖啡钱都没付就消失了。

一万七千八百韩元。

我站在柜台前，支付了那个男人没有付的咖啡钱。

那是二〇〇〇年十月二十四日，至今我仍记得那杯咖啡的价格，看来，人的大脑真是个神秘的东西。而且，我发现了一个明摆着的事实：不幸就像海啸，总是一波接着一波。

还是那天，在我相亲的饭店里，有个推介新款奔驰车的活动。为了跟广告客户联络感情，当时刚进公司的我被要求必须参加。活动六点开始，正是我的状态最糟糕的时候，我需要新鲜的空气，便匆忙走向饭店门外。

就在我要走出大门时，事情发生了。

我推动旋转门走出大厅，看到一辆黑色奥迪车停在门口，下来一个男人，门童打开另一扇车门，下来一个女人，两人拉着手办代理停车的事。看到他们亲密的样子，我突然感觉鼻腔发酸。第一次相亲不到五分钟就遭到退货，还要替对方付咖啡钱，这样的女人世上哪儿有啊？就算对结婚再没兴趣，对我再不满意，他也不能这么做啊！被人说我可怕而甩掉我的时候没有流下的眼泪，此时此刻喷涌而出。接下来的事更让我明白了“雪上加霜”这个成语绝非凭空编造——恰在泪水把我的睫毛膏、唇膏、粉底糊成一团的那一刻，季者前辈抬脚走进饭店，我的狼狈相被她尽收眼底。

“哎呀，这不是李瑞贞吗？”

季者前辈手里拎着香奈儿康朋包（是粉红色的！），身边站着一位衣冠楚楚的男人，像华丽的饰品一样闪闪发亮。这才是我讨厌季者前辈的真实原因——多么希望她假装不认识我，径直走过去，她却偏偏在我最悲惨的时候身着锦衣华服走到眼前，把我的自尊碾得粉碎。

“这是我先生，认识一下吧。”

后面的事还有必要说吗？除了他们俩已经不是夫妻了，现在什么都没有改变。

我讨厌朴季者，讨厌到写了三次辞职信，但因这样那样的原因，还是留在了公司，而每次留下都觉得她越发讨厌了。能有什么改变呢？转来转去还是这个地方。

那个在我的人生中只存在了五分钟的男人的事，我既不想听，也不想说了。

难道他以为自己是电影《阿飞正传》中那只无脚鸟，在地面上连五分钟都无法停留吗？那样的话，我的确承受不起。我想要的不是条件多么优秀的男人，只是一个具有基本常识的健全男人。

我打开冰箱门。

果蔬盒里，烂糊糊的苹果、草莓和飞鱼卵散发出难闻的气味，那都是两周前买的。当时我在杂志上看到了加利福尼亚卷的做法，曾想试一试。我关上冰箱门。这个冰箱像是蔬菜死前的安置所，腐烂的、濒死的、生病的蔬菜和水果似乎在对我喊叫：

"索性把我们扔进垃圾桶吧！我们要回归泥土！"

"没一样能吃的。"

"越是那样，越要挑着吃。"

恩英打了个哈欠，看上去很疲倦。

"别再说该死的挑着吃了！你的下一个目标该不会是'三十一种冰激凌'公司吧，足以让你挑花眼。"

"三十一种冰激凌？有道理，现在他们的宣传是哪家公司负责的？"

"不知道。我都被人叫作'杂志界的性彻大师①'了，还是多一事不如少一事吧。"

"杂志界的性彻大师？你？"

"用在石的话说，我的身体大概能产生好多好多舍利，因为整天除了工作就是工作。"

"哈哈哈，说得也是，我也觉得我们工作的时间太多了。"

"为什么这个城市里，有出息的老姑娘这么多，有出息的老光棍却绝种了呢？"

"那些有出息的老光棍不跟我们这些老姑娘玩。"

恩英躺在沙发上摆起瑜伽姿势来。

"现在的老姑娘看上去哪像老姑娘啊？就拿我们主编来说，五

---

① 性彻大师，韩国佛教界具有影响力的禅师之一。

十多了，看上去就像三十出头。”

“这你就不明白了，男人喜欢的并不是显得年轻的女人，而是真正年轻的女人。”

难道是因为年轻的卵子把遗传基因散布到全世界的能力更强，因此雄性便具有追求年轻女人的本能？难道他们的血液里自古就刻上了识别老卵子巧妙的化妆术或整容术的遗传密码？这是上帝制定的残酷的遗传基因定律吗？

“稍微看得上眼的男人，不是已婚就是同性恋，真不知道这是什么世道！”

恩英叹了口气。

“甭提性爱了，我现在只希望结束这种一边写关于健康生活的报道一边吃方便面的生活。”

人皆入眠的凌晨一点，深夜十二点下班的两个女人还在看着有线电视神聊，一个用万宝路淡烟充饥，另一个用无咖啡因咖啡当饭。在这个冷酷的城市里，超过三十岁的女人结婚的几率这类陈腐笑话早就没人提了。

三十一岁，是需要家庭购物频道兜售的电暖垫的年纪，总感觉冷飕飕的。

家庭购物频道的主持人手持一把亮闪闪的刀，那是顶级的德国原产双立人五星系列刀具。南瓜切块，黄瓜切丝，胡萝卜切条，连白色A4复印纸也能轻易切开，简直令人难以置信。了不起！看着画面上的各种食物，靠咖啡充饥的胃积累了一天的悲哀猛地涌了上来。

早餐是咖啡，午餐也是咖啡，晚餐是一盒半香烟。这算是陷入节食强迫症的都市女性的极限菜单了吧？

“这期交稿后一起吃个饭吧。听说清潭洞的Palais de Gaumont旁边新开了一家不错的餐馆，味道不错，价格也亲切，经理更是帅呆了。”

“是你们负责宣传的？”

“不是。”恩英摇了摇头，“如果你有兴趣，不妨采访一下”

节目主持人笑着说明刀的使用方法，一不小心把手割破了，从画面上能看到她的手指在流血，似乎割得相当深。镜头迅速转向正在品尝切好的食物的观众身上。

“肯定很疼，怎么办？”

“她今天肯定要被导演训了。”

恩英的话令我一震：比被刀割伤更疼的，是被人的话割伤；比被话割伤更致命的，是被彻底拒绝。

“买把刀吧。”

恩英开始拨打家庭购物频道的电话。表面看，她更像个女强人，似乎不会对做菜有兴趣，但她其实拥有各种各样的厨具。并不是用来当摆设的，她每个月用于学习烹饪和烘焙的费用多达三十万韩元，知道这件事的人寥寥无几。反倒是我这个负责采写餐饮报道的记者，连煮一碗方便面都不知道该放多少水。这个世界充满了光看表面无法了解的东西。

节目主持人不知何时又拿起了双立人刀，正准备切菜。她手指上连块创可贴都没贴，但看上去好端端的。刀也好，那个女人也好，都很了不起。既然没能联系上张东健，一定要搞定郑诗莲，否则在季者前辈比双立人刀更锋利的话语的攻击下，我恐怕只有死路一条。

躺了半天睡不着，我爬起来从抽屉里拿出一粒安眠药吃下，又老老实实吃了一粒复合维生素。还是睡不着，于是坐在床边点了一支烟。香烟盒放在桌子上，旁边是硕大的善存药瓶，真是够讽刺的——每天都在透支生命，却还想长寿。感觉肩背痛，腰也痛，最近我总疑心自己患了椎间盘突出症。

是啊，那可能就是我的职业病，包括这为时已久的失眠。

我又开始从一百倒着数，突然感觉，活着有点烦。

读者来信

1

出租车停在圣水大桥上。去江南的车在大桥上走走停停，一步一步向前挪。

我打开车窗，看向窗外。阳光洒在江面上，跳跃着，仿佛热油在平底锅里沸腾，耳边似乎传来吱吱的响声。远处江面上，热气在袅袅上升，如果把手伸进江水里，十个手指也许会烫伤。我转过脸，紧紧握起拳头。

头隐隐作痛，我闭上双眼。如果不是东湖大桥上出了交通事故，出租车司机就不会一定要绕道圣水大桥过江。出租车司机这种不得不整天听交通广播的生活，我以前从未想过，现在却没缘由地感到可悲——在圣水大桥上，像这样被关在狭窄的车内一动也不能动……

“师傅，能把音量调高点吗？”

收音机里正在播放艾力克·克莱普顿的《Let It Grow》，艾力克喃喃自语般的歌声缓缓飘往江上。

“再大点？已经够大了。”

出租车司机嘀咕了几句，没理会我的请求。

我睁开眼睛，视线再次投向汉江。耀眼的阳光铺满江面，无边无垠。看久了桥下的流水，那儿仿佛有一股强大的吸力，要把整个人都吸入其中。天气分外晴朗，午后一点的烈日炙烤着道路和江水，晒得脸颊发烫。桥下这条大江似乎随时都会超过沸点，沸腾起来。

我那种想忘又绝对忘不了的病，或许就是从那时——十三年前——开始的。

大桥那次倒塌后，每次经过这里，我总是离不开音乐的陪伴，但即使把音量调到最大，我内心依然充满恐惧，竖着耳朵倾听桥下传来的各种声音，耳朵里的汗毛都立了起来，仿佛每一根都听到了像针一样尖细的风声。我经常想象耳蜗里真有一条带触角的蜗牛在缓缓蠕动，想象外界的声音完全消失了，深深的静默包围着我。但是，还是有声音传来，那是什么东西在一点一点崩塌的声音，是大桥发出来的声音，这不是通过耳朵，而是通过眼睛、通过嘴、通过十个手指和十个脚趾感觉到的。

咔，咔，咔……那是细小的龟裂声、断裂声。

大桥角落里小水泥块一点一点掉落的声音，仿佛皮肤离开身体般疼痛……

“师傅！请把收音机音量再调高点，求您了！”

我终于喊了起来，把嗓音拉到最高。

出租车司机吃了一惊，回头看着我。

“这位小姐脾气可真大啊。是因为我不走东湖大桥生气了吗？

我不是说了嘛，那里出了交通事故！你知道那里堵得多厉害吗？要是走那条路，恐怕一点都动不了，车费也会高得不得了。我是为你着想才走这条路的，不知道感激还……”

司机把冲到嘴边的脏话咽了下去。我看着他的脸，那张生气的脸上写满了委屈。

这么容易，一个人就对另一个人产生了误解？

难道在这个世界上，误会比地球的周长还要多，而理解比拳头的周长还要少吗？

我只不过是要求把音量调高，这到底有什么难的？

前面停着主编的黑色宝马车。

我还没来得及躲开，车窗已经打开了。

“主编。”

我笑着跟她打招呼。见到上司就微笑，这恐怕是我的一种病，非要起个病名的话，可不可以叫“后天型微笑症候群”呢？这无缘无故的微笑也体现了人在社会化后的功利性举动吧。

“瑞贞，跟我去看路易·威登的秀吧。一个人去有点无聊，你来了正好，上车吧。”

主编大声说。

我一抬头，恰好看到时尚部的金民俊前辈正在上台阶。

他身穿巴宝莉的黑色夹克，头戴黑色爵士帽，看上去像个淘气的不良少年。就算头戴LG Twins棒球队的棒球帽或路边小摊卖的毛线帽，甚至戴着大叔用的写有“野湖山岳会”等商号名字的登山帽，金民俊仍然风度翩翩。他那种人，即使身上披条麻袋也令人感觉潇洒不羁，即使手指上戴着骷髅戒指或胳膊上有文身也绝不会显得粗俗。

尤其是他把手插在裤兜里大步走时，那种特有的漫不经心，柔和而不僵硬，和日本明星小田切让十分神似。在无限热爱细长之物的金慧淑主编眼里，金民俊是最珍贵的“时尚部首席”。

“不上来吗？”

“主编，请稍等！”

我朝金民俊挥了挥手，喊道：“前辈！民俊前辈！”

可是眨眼间他就消失了，难道他脚上套着单排轮滑鞋吗？

救星没有了，我只好乘上主编的车。

“采访郑诗莲的事跟电影公司说妥了吗？”

昨天凌晨，主编给我打来电话，说经考虑同意郑诗莲的篇幅要求。通话直到凌晨三点才结束。虽然凌晨两点半打来电话的主编很令我吃惊，但刚发完短信五秒钟，就给我回电话的人——李部长，更令我感动。

一直工作到凌晨三点的我们，到底是一群什么人？诸如苦尽甘来之类的话，到底是什么人制造出来的花言巧语？

“正好有话要跟你说，我请你吃好吃的。”

去看路易·威登的秀？如果跟年轻的男同事一起去也就罢了，可偏偏是跟年长的女上司一起去，实在让人提不起兴趣。再说，我也没时间，既要跟时尚部的韩智仙讨论郑诗莲的拍摄方案，又要完成分给我的采访任务——单单是以“一桌餐馆”这个主题联系餐馆，就有大概五十个电话要打，还有一百个电话等着接。

“嗯……对了，新开了家不错的泰国餐馆，就去那儿吧。”

真的，我也讨厌自己，讨厌得要死！

我深切体会到罗勋儿为什么会创作出《不知道我为什么这样》

的歌词了。

世上的主编最害怕谁？

杂志的编辑？恨不得拿个包袱全部打包扔到窗外的满口怨言的记者？恨不得放进盒子里快递到埃塞俄比亚或不丹的趾高气扬的竞争对手？

不，他们怕的不是别的，而是广告客户。很多人不理解，意大利的《VOGUE》和巴黎的《ELLE》都很薄，为什么只有韩国的杂志很厚，问题就出在广告客户身上。

在韩国市场上，不刊载广告的杂志是无法生存的。杂志不靠销量吃饭，而是靠广告吃饭。《A》杂志现在厚得像本百科全书，也是因为广告。广告主在我主之上，这是广告部的人屡屡强调的。那些广告客户总是问题所在。

但是，《A》杂志的金慧淑主编不同，她不会轻易对广告客户妥协，不会为广告让出好版面，不会接受用物品代替钱作为广告费，尤其是不会因为一个临时插进来的广告而把费尽心血完成的报道推到下一期，因此，她在杂志社里有很多敌人，新社长和广告部理事都不喜欢她。

“二十一世纪的主编应该成为市场通，而不只是编辑者！”

这是新上任的社长常挂在嘴边的。尽管如此，金主编仍然只是专注于编辑杂志。世界上有那么多主编，而我真正喜欢我们主编的原因，是她有明确的原则。在这个坚持原则困难重重的世界上，这种女人不可能不闪光。

当然，她也有很多缺点。睡眠少，也不谈恋爱，人称“不朽的工作狂”；典型的多血质性格，暴躁易怒，骂人也很厉害，经常随手抓起身边的东西就扔过去。

虽然很暴力，她却又细致到了出人意料的地步，让人感觉不可思议。她那种细致一般集中在审美方面，她对美的狂热追求在业内达到了传奇的高度。

主编的书桌上有各种各样的美物：去米兰、纽约、巴黎参加时装周时买的画和饰品，品牌宣传人员赠送的各种礼品……堆得像小山一样。奇特的是，其中还贴着记者们留下的记事贴，要说记事贴的内容有什么特别，倒也不见得。

“主编，我出差了。下个月二十四号回来。”

“主编，宋康昊的采访定下来了。万岁！”

基本上都是这样的业务报告，但主编对我尤为不满。

“李瑞贞，你能不能把字写得漂亮点？”

“我的字一直都是这样。”

如果我顶一句嘴，主编能训我好几个小时。

“就算写不好，字也该有点气质吧？你的字为什么这么胖？看到你的字，就像看到减肥失败的胖姑娘在卫生间里抠嗓子呕吐，越看越难受。你能不能上个练字的培训班？”

我还能说什么呢？面对这位通过字体可以看出身材和表情的主编，只能举双手双脚投降。她这个女人，连匆忙记下的电话号码都要求写得漂漂亮亮的。

从那以后，我就不在记事贴上写字了，有事就发邮件给她。如果在电脑还没普及的二十年前进这里工作，我很可能会被开除，理由只有一个——字写得太扁太胖。

还有另一个传奇般的故事。

现已辞职的时尚部次长曾为行将出版的杂志拍摄一组照片，

那些以“浪漫主义”为主题拍摄的照片，无论谁看都会觉得美，觉得有创意，简直令人产生错觉，以为童话里的白雪公主不是西方人，而是东方人。但送给主编审阅时，她却指出了问题。

“该死的！手表怎么不是十点十分？你们脑袋进水了吗？”

那个带时针和分针的手表，时间是四点整。

“看看时针和分针叉着腿的样子，多难看！手表这副样子，是在做瑜伽吗？看上去像个妓女！”

要出版的杂志刊登的不是手表大片，而是时装大片，但仅仅因为手表指针的角度不漂亮，主编就还是没有刊载那些准备了三个多月的照片，并对编辑们发表了一通长篇演说，说无数的广告照片把手表定在十点十分上，是因为经过美学分析，证明那是最美的。作为一位时尚指导者，应该具备那样的常识。她直言不讳，说绝不愿跟无视常识、不学无术的人一起工作。传说，那位次长后来辞职，正是因为受了这件事的打击。

当然，这个版本是在流传过程中经过加工的，不过毋庸置疑，尽管主编这样固执、挑剔、歇斯底里和变化无常，但也确有过人的魅力。她能在冷酷的时尚界生存这么久，也正是因为这种独特的魅力。

她经常请后辈吃饭，把自己当主编二十年的荣华富贵都跟请客吃饭联系在一起，可见她对“饭”情有独钟。可是，虽然“饭”字总挂在嘴边，但她自己绝对不吃，只请别人吃，因此，她依然保持着四十五公斤的体重，而我作为比她小很多的后辈，体重却从五十六公斤直线上升。主编的新爱好是把后辈喂胖了再取笑，这一点该知道的人都知道，我大概是她的第十几个牺牲品。

“车后座上有读者来信，你拿几张看看。”

顺着主编手指的方向，我看到后座上堆着厚厚一沓打出来的电子邮件。

“主编……”

不看也知道。

“你怎么想？”

“不可能的，您也知道啊！”

“你的任务就是把不可能变为可能，知道吧？”

“认识Doctor Restaurant的人一个也没有啊！就算到国务院也找不到吧？而且，这个人对我发的邮件总是置之不理，您以为我没努力吗？”

“完成这个任务，你才算是真正的记者。要满足读者的期望！”

“主编！”

“觉得委屈吗？”

“……”

“要是觉得委屈，你也往上爬啊。我在你这么大的时候，整天像蚂蚁一样埋头工作。工作要用心！”

我盯着主编说：

“您知道吗，蚂蚁有三分之二是整天除了吃就是玩的懒虫，举蚂蚁为例可算得上典型的比喻不当。”

“谁说的？”

“上次采访过的生物学家。”

“说对了，我就是出人头地的蚁后，你就是那三分之一勤奋工作的工蚁，所以你只管干活吧！给你三个月。”

主编果然是铁板一块，油盐不进。

"我看就算三年也不成。"

"给我三个月，我能从烹饪学院毕业，还开个餐馆。你明白我是什么意思吧？"

她是什么意思，我真的不明白。老板们的话，总是充满这种叫人不明白的东西。

2

Doctor Restaurant。

《A》杂志最棒的专栏作家，从不露面的美食评论家。他从不在其他媒体上发表文章，只有在《A》杂志上才能读到他的大作，这对杂志的销量当然也有巨大的贡献。跟他的名气成正比，坊间对他本人众说纷纭。有人说他是《A》杂志主编的朋友，有人说他是杂志社老板的儿子，甚至有人说他就是主编本人（关于这个传闻，主编曾指天发誓说不是她）。他像为炸毁华而不实的餐馆而出现在饮食界的"隐形炸弹人"。传说越多，越能引发人们的好奇心，以至于最近写给杂志的读者来信中，有一半要求揭示他的真实身份。

随着 Doctor Restaurant 专栏知名度的提高，主编面临的压力日增。荒唐的恐吓电话接连不断，要求告知下一个要写的餐馆是哪里的和要求删掉报道的，还算是客气的。抗议邮件和电话轰炸压得主编喘不过气来。

其实，看了他的投稿后，第一个跟他联系写专栏的就是我，但我和他没有见过面，甚至没通过一个电话。现在想起来，能联系上他写专栏简直堪称奇迹。没有一个人见过 Doctor Restaurant 的真面目，他像一个只在自己的圣地内活动的神。

确实，在餐饮界，已经有人称他为“死亡之神”了。他无情，如同在手术台上宣布患者死亡的外科医生；他博学，像具备丰富人文知识的学者；他妙笔生花，熟练运用各种华丽的辞藻；他似乎当过厨师，现场经验如此丰富，评论令人无从反驳。

> 他们把没有成熟的肉牛当成韩牛卖。牛肉没有成熟，却称其“新鲜”，这是世上最可怕的罪行。要知道，牛肉不是沙拉，不必把新鲜当成美德。连鱼肉也是一样，把刚捞上来的鱼立刻做成生鱼片吃，并不能尽其鲜美。鱼肉也需要高水平的“成熟”技术，生鱼片的味道正是由这种技术的高低决定的。敬请参考。
>
> 健康成熟的牛肉嫩度适中，并具有恰到好处的韧性。那种一放进嘴里就会融化的牛排并不是健康的牛肉，因为产出那种肉的牛从不运动，只吃转基因的谷物饲料，结果长了一身肥肉。牛的主食是草，也就是说，谷物是牛的零食。光吃零食长大的孩子，能说是健康的吗？放在牛身上也是同样道理。
>
> 既然对牛排失望，我就选择了据说是涂抹特制酱料烤出来的鲜虾，对这里的厨师处理海产品的想象力充满期待。万万没有料到，那简直近乎灾难：他们端给我的，根本不是新鲜的虾，明显是反复冷冻解冻的廉价冷冻虾。如果足够诚实，他们的菜单上就不应该写“鲜虾”，应写“冷冻虾”。
>
> 用罗勒调制的酱料跟材料格格不入，正如厨师安东尼·伯尔顿所说，厚重的酱料并不能掩盖所有罪行。后厨应随时反省自身，以防我这种挑剔的客人出现，这是后厨应具备的最起码的良心。不管用多么高档的咖啡，拥有水平多么高的甜点师，材料都

是基本功，连这一点都不合格的餐馆，恐怕没什么可以期待的了。

……

简而言之，这里的牛排涂满了“谎言”的酱料，是标价十万韩元的垃圾，这个地方是罪犯的集合地。而且，我额外付了百分之十的服务费，却没享受到任何服务。如果不是我患了失忆症，这里就堪称最差的餐厅。

对这种一无是处的餐厅，我一颗星也不能给。

专栏刊登出来，一片哗然。这家餐厅风头正劲，上过几次电视，预约名单总是满满的，现在预约却被接连不断地取消，最终只好停业。餐厅老板向杂志社提出证实内容的要求，并亲自来见主编，想要谈判。但在切中要害的评论面前，他们最终无所作为，至少后厨没有显示出试图恢复名誉的迹象。

几个月后，我偶然遇到一位曾在那家餐厅后厨工作的厨师，他苦笑着坦白道，顾客吃的那些所谓鲜虾，大部分不是西海岸捕到的活虾，而是“泰国产冷冻虎虾”。他承认Doctor Restaurant的话都是事实，表示也想见见那位一针见血的评论家。

“到底是什么样的人呢？”

那也是我想问的话。

Doctor Restaurant的工作方式以严格著称。他从不与编辑见面，更不刊登照片，连短信也不发，只是通过电子邮件跟编辑书信往来，以这种方式写了两年美食评论。甚至他的邮件地址也不定时地变更，让人无从追踪。他固守自己特有的方式和原则，谁都不能损毁他的权利。他既不必考虑教育背景，也不必考虑人事关系，只是作为一个自由的个体发言，因此他可以冷酷无情。但这一切也可能不是事实。

因为，他也可能是“她”。

我还不知道 Doctor Restaurant 的性别。责任编辑连作者的性别都不知道，这像话吗？不过，我并不多往 Doctor Restaurant 是女人那方面想。说实话，我希望这是个男人，双鬓泛白，有深深的法令纹，充满魅力。

“Doctor Restaurant”专栏到今年秋天就要结束了，这是他发邮件直接通知我的。如果不马上行动，或许我就要与这个冷酷而迷人的评论家永别了。我不想那样。最想见到他的，不是主编，不是被评论的餐厅老板，也不是读者，恰恰是我。

我一定要把他找出来。

3

《华盛顿邮报》的一篇报道成为时尚杂志记者们谈论的焦点。

“今天一杯星巴克咖啡，明天债务成堆。”

内容是说，如果一周五天每天喝一杯星巴克咖啡，喝三十年，那么，银行账户就会空空如也，而债务堆积如山。如果不买咖啡，把那些钱存起来，大概能攒韩币五千五百万元，这是按照复利计算的结果。报道没有提到一个更加不幸的事实：这个数额是根据美国当地的价格一杯咖啡三美元计算的，而韩国的星巴克咖啡价格之高，在全世界也是数一数二的，尤其是这片土地上的人讲求高品位，绝不会满足于平凡的拿铁咖啡之类。

双份浓缩咖啡！

白巧克力星冰乐！

多加一份浓缩咖啡！

“什么呀，只不过是喝杯咖啡而已，难道就坐到债务堆上了吗？”

“只不过？你不是一天喝四杯咖啡吗？”

这些杂志人，没有咖啡就一个字也写不出来，面对这样一篇报道不免议论纷纷。我们正在开企划会议，季者前辈出去接电话，总也不回来，于是开会变成了闲聊。

“你还有什么好担心的？都已经一屁股债了！”

“在石总开空头支票，你借我的钱什么时候还？”

美容部指导话音刚落，韩在石得意地举手比了个“V”字。

“我的钱什么时候还？”韩智仙对韩在石怒目而视。

韩在石不是为脖子长而苦恼的动物，他的痛苦在于想拥有的太多。他向人借钱时，每次借的数目都不大，让人没办法拒绝：有时候说要去自动售货机买杯咖啡，要五百块，有时候说要吃碗拌饭，要五千块。我看在眼里，却不好说什么。

我们甚至一起写专栏——“李瑞贞韩在石的夜生活”，听起来像八十年代的B级色情电影的题目，是个性爱专栏，我提问，韩在石回答，还相当有人气。可是，因为韩在石的懒惰，每次截稿前主编都要在我们面前大喊，震得整个办公室嗡嗡作响。

“韩在石！李瑞贞！你们还不做吗？现在不当着我的面做，我就把你们的嘴撕开，让你们一辈子都甭想接吻。赶快做！”

这话听起来像是催我们做爱，谁会想到是让我们写专栏呢？

我和韩在石很不幸，见面比恋人还频繁，吵架是家常便饭，对彼此的性取向、时尚取向、财政状况等等了如指掌。韩在石连他做爱时喜欢穿让·保罗·高缇耶设计的黑色网状内裤都没瞒我，尽管在我眼里，这得算精神病了。但毕竟在一个部门共事了三年，俗话说，日久生情，现在我们的关系就类似那种经常吵架斯打却绝不会分手的夫妻。

“你们看过信用卡催款员给在石手机发的短信吗？简直酷毙了！‘贵卡滞纳，烦请支付，即时还款，最后通牒，通报家人’，还有什么来着……”

“四字一句啊！这个催款员大概是国文系毕业的。”

“是不是文艺界的哪个时调[①]诗人，当催款员不过是兼职？”

一天收到好几个催款的短信，韩在石早就没感觉了。

“比连报道的题目都起不好的你们强百倍！”

主编不知什么时候进来了，翻了翻企划书，冷不丁地插了一句。企划书已经被撕开扔到地上。

“不要光顾聊天！没什么用，不如趁机写篇报道！难道这还不够激发灵感吗？我是说咖啡。”

因此，我写了一篇题为《咖啡馆社会》的报道。

就像萨特、波伏娃、加缪等时常光临巴黎的咖啡馆一样，首尔也有一群热爱咖啡和咖啡馆的文艺界人士，于是咖啡馆成为他们聚会的场所——清潭洞的AOC咖啡馆是电影和时尚界人士的麦加，大学路的玛丽安咖啡馆则成为文人和画家的会客厅……我的报道着重介绍了这些有代表性的咖啡馆。但在取材过程中，我听到的关于咖啡馆的最多的话却是：

---

① 时调，韩语诗歌形式之一，又名短歌和时节歌。

“会客厅？现在还有那样的咖啡馆吗？”

一位十分熟悉情况的设计师也说，像过去清潭洞的Salon De Flora那种怀旧的场所已经消失了，他也为此遗憾。说着说着，他似乎突然想到了什么，对着话筒大声喊：

“对了，清潭洞古琦店对面新开了家Coffee Bean，你知道吧？那里可以说是时尚界的会客厅，聚集了不少人。”

一年前，星巴克被称为大酱女的会客厅，如今Coffee Bean又成了时尚界人士的会客厅？高喊着“甘于平凡无异于自我毁灭”的那群人，其会客厅也只不过是一家连锁咖啡店？

我不想写连锁咖啡店是文艺界人士聚会场所，这就如同问模特在哪儿剪的头发那么漂亮，她回答是美发连锁店Blue Club一样。并不是说Blue Club不好，或许不把头发交给顶级美发师的顶级模特更显独特，但我期待的回答不是这样的，这还不如说是自己剪的或是妈妈给剪的更好。

啊！该死的连锁店文化似乎袭击了整个城市，不管到哪儿，都会看到“Face Shop”旁边是“Body Shop”，“诺夫部队酱汤店”和“紫菜包饭天堂”挨着。何止如此，跟“紫菜包饭天堂”像兄弟一样的“紫菜包饭村庄”、“紫菜包饭天地”也随处可见，这到底算什么？

继续活在这样的城市里，恐怕人最终也会“连锁化”。面孔通过整容变得相似，体型通过节食减肥变得一致，想干的工作也不外乎那么几种，千人一面……走在机场里或明洞大街上，看着那些不约而同地提着路易·威登的Speedy包的女人，我偶尔会感到恐怖。

每写一行，都要到外面去抽会儿烟，一根接一根的烟抽完了，最终我还是“把船划到了山上”——报道的题目由《咖啡馆社会》改头换面为《慨叹连锁店文化》。

季者前辈读完文章，对我说：

“你报道里提到的企业中，有几个是我们的广告客户？”

我瞪着季者前辈的脸。

“看我干吗？换个题目重写！”

等以后有钱了，我一定要在连锁咖啡店旁边开一家自己的咖啡馆。

真的！

4

傍晚六点二十五分，清潭洞Coffee Bean。

果然在这里见到了几张熟悉的面孔。有五次拒绝我的采访请求的演员，有这个演员的蛮横无理的经纪人，有说好了拍摄海外时装大片又把演员转给我们的竞争对手的电影公司宣传理事，有拒绝我采访的餐厅经理，有经常把我们杂志和竞争对手的名字混为一谈的餐厅宣传负责人……似乎在我背后捅过刀子的人都聚集在这里。再仔细一看，站在吧台前买咖啡的那个后脑勺似乎也在什么地方见过。

我们约好六点在这里见面，开会讨论电影演员郑诗莲的时装大片拍摄方案。工作室就在咖啡店对面，这里是最佳的见面地点。可是，除了我，其他人一个也没来。摄影师崔室长打电话说要晚半个小时，负责发型和化妆的朴室长说今天来不了，明天直接去办公室谈。拍摄这件事，本来就是没法按时结束的，这是我知道的关于拍摄的明确定义。

问题是韩智仙!

约定时间过了半小时，时尚部的韩智仙人没到，电话也没来。她一定是一天到晚挺着脖子，导致手指僵硬得摁不了手机键。

我从包里掏出杜安·迈克尔斯的摄影集，开始翻看。黑白照片里的人物似乎在说：喂，你要听听我的故事吗？你想知道我为什么离了五次婚，为什么追逐新的女人，为什么死命抽烟吗？用照片来讲述故事，这种方式似乎挺有趣的，黑白照片的色调也不错。我在笔记本上写下了“杜安·迈克尔斯”。

表现时尚秀场之外的舞台，表现幕后的景象，这个主题听上去不赖。展现明星在华丽外表背后的疲倦，给每幅照片起个简短的名称，表现各种各样的疲倦，从困倦的脸、睡着的脸到完全卸妆的脸，展现一个疲倦的女演员的丰富表情变幻。郑诗莲演技纯熟，完全可以胜任。当然，如果她坚持要拍得比全度妍漂亮，这个方案就会遭到拒绝。

去掉嫉妒之后，女演员还剩下什么呢？话又说回来，去掉嫉妒，男演员剩下的或许只有新买的奔驰汽车或吉尔·桑达夹克。我在笔记本上写下“幕后”。

“李瑞贞小姐？”

突然听到一个低沉的男中音喊我的名字，我抬起头，看到一个男人站在面前：高高的个子，戴着一副角质架眼镜，身穿很显肩部线条的黑色朗万上衣，一手端着一杯咖啡，另一手拿着一个很大的金枪鱼三明治。

“您是哪位？”

我漫不经心地看了他一眼，又把视线转向摄影集。

“那次你也是在看摄影集。很久不见了。”

该死的韩智仙怎么还不来？崔室长说三十分钟内到，怎么还没影儿？我周围为什么一个帮得上忙的人都没有？我很想立刻站起来走开，却做不到，只能神经质地乱翻摄影集。

“我可以坐这儿吗？”

他不等我回答，就在对面坐下了。

“这是干什么？”

他坐下后，若无其事地打开包三明治的透明纸。

“您等的人来了，我马上走，别担心，我不会碍事的。”

男人彬彬有礼地对我说。这么礼貌地做没有礼貌的事，还真是一种能力。

“不会碍事？”

我看了看周围的空座位。

“我吃我的，您工作您的。”

真让人无言以对。

“什么啊，你这是什么态度？真是一点都没变。”

可恶！我尽量装作不认识他，但这张嘴像出故障的音箱，总惹麻烦。

“七年不见了吧，李瑞贞小姐？”

“您疯了吗？我根本不认识您。”

朴佑振。在我的人生中，跟他在同一个空间里只对坐了五分钟，那五分钟对我来说就像五年；我一个人等了他五十分钟，那五十分钟对我来说比朝鲜王朝的五百年还要长。七年前那天的心情，像是坐在达利那手表的分针和秒针都融化了的画中似的。我猛地从座位上站起来。

突然，手机响了。

我迅速用目光搜寻桌面，没看到我的手机。铃声还在响，像主编在咆哮“快点接电话”，也可能是电影公司的李美静部长。难道出什么事了？不会是《MODE》把我们的采访抢走了吧？

我紧张得嘴里发干。这手机到底在哪儿？我立刻拉开手提包。

偏偏流行该死的大包！我开始在巨大的手提包里翻找。铃声一直响个不停。突然，我感觉从这个包里找出手机似乎是不可能的事。我掏出化妆包放在桌子上，接着是阿兰·德·波顿的《旅行的艺术》、MP3、莱卡相机，然后是名片簿、Moleskine笔记本、复印的大沓摄影方案和乱七八糟的纸巾，最终，连我随身携带以备万一的运动鞋都掏了出来。

电话铃声还在响。

就在此时，对面的朴佑振打开了手机翻盖，顿时，铃声停了，简直不像真的。

“好。”他说，“定的就是十二点。”

我气得头发都竖起来了，像是刚经历了一场最猛烈的沙尘暴。

“我直接去。你来鹭梁津吧。”他握着黑色的普拉达手机，笑着说，“超过一小时绝对不行。”

他的手机铃声为什么定要跟我一样，设成《胡桃夹子》呢？

这个男人，就算用敲胡桃的锤子敲开他的后脑勺，也难泄我胸中之愤。

我在杂志上写的恋爱专栏中讲过这样的话：男人和女人之间存在清晰的力学关系。无论是谈恋爱还是做生意，总是存在甲方和乙方。男人天生擅长打架，喜欢玩规则清晰、胜负明确的游戏，而女人天生擅长协调，喜欢修改规则、建立关系。在生意中，女人常常败给男人，是因为无视规则，总想按照自己的方式加以修改。

我已经在相亲这个婚姻市场上败给他一次了，现在又遇到这样的情况。天花板上似乎有位隐身的法官在喊："朴佑振，你赢了！"

突然，接电话的朴佑振笑了起来。

我把桌子上的东西一样一样放回包里，恨不得自己也钻进包里，拉上拉链。这时，电话铃又响了。他耸了耸肩，伸出细长的手指指了指我的包。此时此刻，即使不是主编而是社长的来电，我也不会接，我只想离开这里——马上！

"朴佑振先生，人不能那么活！"我背起包，对他说，"我们不要再见面了！别装作认识我，否则咬你没商量。"

狗咬人不是新闻，但人咬狗呢？

我端起他放在桌子上的咖啡。

"这是七年前的咖啡钱。"

我把还没打开盖子的咖啡连杯子一起扔进了垃圾桶里——在朴佑振的注视下。

5

神真是公平的吗？

我喜欢的演员斯蒂夫·巴斯米在电影《神秘岛》里这样说：

"你问神是谁？神是我们在需要帮助时向之恳求，却对我们置之不理的人。"

尽管如此，神有时还是表现得挺公平。他好像闭着眼睛，什么都没看见，但实际上对人间的一切一清二楚，并且像打喷嚏一样，说不定什么时候就做件善事。

韩智仙在楼梯上摔了一跤，不是扭伤了脚那么简单，而是从楼梯上直跌到底。发生事故那天，她脚上穿着马克·雅可布的坡跟鞋，鞋底和鞋跟呈不稳定的S型，走路就像在天上飘，结果飘着飘着落到了地上。她必须打一个月石膏，没法四处采购，也没法参加拍摄了。

“怎么办？很疼吗？”我问。

“你真的关心我吗？”韩智仙瞪着我，“要跟民俊前辈一起拍摄，你心里乐开花了吧？嘴都笑得合不拢了吧？”

说实话，跟韩智仙合作的确是件苦差事，她总是只顾拍照，给记者留的采访时间连三十分钟都不到。而且，有哪个女人会讨厌民俊前辈吗？如果有，一定是尚未暴露身份的同性恋！现在的情况可谓天赐之福。

“李瑞贞，到会议室来一下！十分钟后开会讨论拍摄方案。艺术组的也一起来！”

民俊前辈在会议室门前喊。

跟金民俊一起拍摄！他可是韩国最棒的造型师啊，有他在，造型方面绝对可以放心了。虽说世间事总是祸福相依，我依然抑制不住快活的心情。话说回来，再倒霉也不可能比昨晚遇见朴佑振更倒霉了。我拿起方案，迈着轻快的步伐进了会议室。

晚上7:17。

幸运数字7。

这是一切都会迎刃而解的预兆。

四个小时了，会议还在继续。

时尚部助理萱宁买来火腿三明治、甜甜圈和咖啡，摆了满满一桌子。主编的意图很明确：甭想出这个门，只管吃着难吃的三明治连轴干吧。

“这是在《ID》中找到的方案。我很喜欢这些照片的色调，拍得景深很浅，感觉像老照片。怎么样？”

负责拍照的崔室长说。

“郑诗莲的肢体很美，拍这种半裸风格应该也很优雅。”

“那跟美国《GQ》拍的差不多。扮成动画人物怎么样？”

“扮动画人物不行，如果是那种纤瘦的有少女感觉的女演员或许可以，像郑丽媛或申敏儿那样的。”

民俊前辈快速翻着杂志。

“这个怎么样？”我翻开昨天看的杜安·迈克尔斯的摄影集，“听电影公司宣传部长说，郑诗莲似乎想拍像电影一样的照片，说最好有故事情节。无论如何，要拍出戏剧性来，平面感觉的照片恐怕不行吧。”

“戏剧性的照片不适合我们杂志。”

“总拍那些冲击性的照片，不是太没新意了吗？做点改变似乎也不错。”

“还有没有其他意见？”

没人回答。连着几个小时不休息，人人都疲倦了。

“前辈，用‘未完成’做关键词如何？”

民俊前辈转了几下笔，抬头看着我，细长的手指摸了摸下巴的胡茬。

“给郑诗莲穿上没有完全缝合的衣服。听说她喜欢马丁·马吉拉和川久保玲设计的时装，可见她喜欢突破陈规，那么索性走个极端如何？郑诗莲对时尚见多识广，应该能理解我们的创意。”

“有点意思。”

民俊前辈终于显出了兴趣，会议室里顿时有了生气。

“马丁·马吉拉不也以那种方式设计过男装外套嘛，一半完成，另一半露出缝线，有种意想不到的美，散发着独特的气息。”艺术组的玄枝英看着我说。

“化妆可以化烟熏妆。郑诗莲的皮肤是暖色调的，化什么妆都合适，不过，金色或银色的妆容配她效果最好。”负责化妆的朴室长补充说。

“一个女演员身穿未完成的衣服出现，就提出了这衣服该如何完成才好的问题。郑诗莲这个演员，时隔五年才回到我们视线中，但依然是现在进行时，还没有完成，依然向无限的可能性开放。”

“把未完成与可能性联系起来？”

“半成品的衣服传达的视觉信息很强烈，会有一种独特的感觉。郑诗莲四肢修长，身着半成品服装的轮廓应该很美。那样的话，最重要的是时装大片和访谈不能分开，要紧密结合，毕竟对她的访谈也是五年来的第一次。”

“你的意思是，尽可能让郑诗莲了解我们关于半成品服装的创意思路？”

“这是重点！最近有不少名牌推出了写有明星名字的包，比如赛琳设计了宋慧乔包，在亚洲市场上尝到了甜头。考虑到时装大片对产品的宣传效果，品牌方也会愿意提供支持。”

“不错啊！崔室长，你感觉怎样？”民俊前辈看着摄影师。

“挺好。”

“朴室长呢？”

“不错。我准备检查一下郑诗莲的皮肤状态，再跟崔室长讨论如何表现整体的皮肤色调。”

会议内容越来越具体了。

“那我再斟酌斟酌拍摄方案，把最终确定的方案画出草图来给您。先得寻找合适的衣服，下次的会这个周六开怎么样？在崔室长的工作室可以吗？”

所有人都点头同意，一个个都带着疲惫不堪的表情。

“我们先吃饭吧！前辈，我都快饿晕了。”艺术组的玄枝英举手说。

“凌晨营业的餐馆！快查电话！”

韩在石不知什么时候进来了。

“肉！吃肉去！”

他那种厚颜无耻分明是与生俱来的，不然的话，怎么那么坦然地跑到会议室要赖要肉吃。当然，我也不愿意就这样喝着冷咖啡，吃着夹蔫生菜叶子的三明治，一天天老去——已经凌晨一点多了，肚子饿得浑身都没劲了。

6

从餐馆出来，已经凌晨两点半了。

银闪闪的沃尔沃C30，黑色奥迪，玄枝英新买的白色复古Mini Cooper，一辆接一辆开出停车场，像要去游行。这些人就算去两百米远的便利店也要开车，年薪不过三千万韩元，却把腿当作只有在瘦身俱乐部或美容院里才用得着的身体器官，只有穿“周仰杰”或“莫罗·伯拉尼克”牌的鞋子时才愿意动动脚。

“玄枝英运气真不错啊，居然能买到那种复古Mini Cooper，她有那么多钱吗？”

“她呀，为了买这个，特意请假去了趟大邱。听说是一个外教要回国了，低价出让的。”民俊前辈说。

“难道是有钱的祖母给她留下遗产了？”

“那倒没听说，不过现在可以分期付款，听说崔室长的英菲尼迪是六十个月分期付款买的。”

“居然还有六十个月的分期付款哪！”

“听说马上就要出七十个月的啦。”

“真的？”

“当然是开玩笑了。”

金民俊哈哈笑起来，露出一嘴整齐的雪白牙齿。帅哥讲冷笑话的时候带点傻气，别有魅力。

“那辆Mini Cooper看上去漂亮，但太老了，乘坐不舒服，而且一旦出了故障，修理费比买车的钱还要多。不过，小不点确实挺可爱的吧？”

我常想，时尚界的人就像空心面包，没有存款，没有基金，甚至没有保险，却总是想出手就出手。如果世上只有这样的人，恐怕保险公司都得破产。但换个角度想，人生不就是一张不知什么时候结束的空头支票吗？

“我送你吧。”

我看着民俊前辈的脸笑了笑。

“你没车，不觉得不方便吗？”

“也没什么，我喜欢走路。”

其实我不是没车，只是酒后驾车被查了，有车也开不了。那天喝了酒，真的没打算开车，只是要把车挪三十米而已，但偏偏那天警察不在路边盘查，却跑到酒馆门前来了，而且恰好看到了我。几件偶然的事情像被磁铁吸引一样凑在一起，严丝合缝地组合成我的不幸。如果把那些偶然的碎片重新拼起来，就组成这样一句话：

真倒霉，为什么偏偏是我！

我驾照被扣的事不仅全公司都知道，甚至传遍了整个时尚界，全都是韩智仙的功劳。有一次拍摄结束后庆功，我喝了点酒，把驾照被扣的事说了出来，结果韩智仙走到哪儿就传到哪儿。她是怎么说的，我不听也知道，一定是添油加醋，尽量夸大事实。拜韩智仙所赐，我成了代表时尚界的酒鬼。

这里没有秘密，即使是在卫生间里，流言飞语也像臭气一样四处弥漫。越是坏事，传播得越快。传闻不像马桶里肮脏的排泄物，不可能简单摁一下钮就冲走。

这件事也有好的方面：酒喝得确实少了，更重要的是，我写了一篇关于“被暂扣驾照一百天，以走路代替开车的人”的报道，内容很有趣，仿佛放弃开车就取得了游乐园的使用权。报道中还加入了关于减肥效果的小贴士：快走，慢走，为乘地铁而上下台阶，等公交车时站立十分钟，以及这些活动中消耗的卡路里。完美！我心里吹着口哨，附上一张腿部线条漂亮的女模特穿着运动鞋的照片。记者就是这样可恶的人，善于牵强附会，居然能把酒后驾车、暂扣驾照跟步行运动联系到一起。

车正行驶在汉南大桥上。

“前辈，前面右拐，然后直行。”

“你家不在狎鸥亭洞吗？好像以前是。”

他居然记得我家的位置！我转头看了他一眼，说：

“现在跟朋友一起住，交点房租。”

再转头看他，我发现他在微笑。

“您知道EU的崔恩英室长吧？她是我的室友。”

“啊！对，记得你说过，她是你的朋友。”

我点了点头。

“恩英小姐很能干啊。跟她一起住比跟我这样的男人一起好百倍。”

没说几句话，已经到家门口了。

“星期六要去公司吧？”

“是得去，要做的事堆成山了，还安排了一个拍摄。”

法定一周工作五天，可对我来说简直像梦想。拍摄要在各路人马能聚在一起的时间进行，不管是夜里十一点还是凌晨六点。周末、太晚了、太早了……这些都不是拒绝的理由。尤其是春节或中秋节时赶上截稿，简直死的心都有。别人去拜年、吃油煎果子、玩尤茨游戏的时候，我们在写报道、做图片、挨主编和次长的骂。

不知为什么，一到截稿前，食欲总是变得特别活跃，总觉得嘴馋。

我点炸鸡！

我要生拌比目鱼！

五花肉！不让我吃上济州岛土猪肉，我就辞职！

以干活拼命出名的《A》杂志编辑部的人都是肉食主义者，赶稿时如果吃不到肉，就提不起劲来。像我这样的素食主义者只能流着泪被那些肉食主义者撕咬。

是的，我明明点了蔬菜，放弃垂涎三尺的猪蹄和五花肉，点了生菜、苏子叶，还有脆生生的菊苣。可问题是，像生菜、苏子叶、菊苣这样的蔬菜，刚一上桌就被肉食主义者们包上肉稀里哗啦吃光了，什么也没给我留下。

这个周六要把关于郑诗莲的资料整理一下，再看看她的电影，完成采访提纲，还要准备第二次关于拍摄方案的会议，最重要的是列出准备采访的“一桌餐馆”的名单。拼命干活，就这样一天天老去，变成中年大婶，变成孤苦伶仃的老奶奶，这样的前景想想就让人忧郁。

“周六我请你吃午饭，想想吃什么吧。”

“啊？”

他的邀约出乎我的意料。

“吃好了才能干好活。进去吧。”

民俊前辈向我挥了挥手，他的灰色高尔夫车噗噗响着迅速消失了。

我看了看手表。

凌晨 2:57。

还是有数字 7。

看来从今天起，便利店应该只去 7-11，饮料只喝七喜，香烟也换成七星淡烟。这种想法幼稚吗？

在写了三年“李瑞贞韩在石的夜生活”的我看来，恋爱这件事，越幼稚越好。

因为，幼稚原本就是最好的恋爱开出来的最美的花。

良心告白

1

据说，成功人士大多是晨型人。

比尔·盖茨、安哲秀、斯蒂芬·乔布斯，连小说家阿梅丽·诺冬和村上春树都属于这个类型。阿梅丽·诺冬每天凌晨三点起床，喝上一杯意式浓缩咖啡，像给头脑洗了个冷水澡，然后开始写作。村上春树凌晨四点起床，早饭前运动，然后一上午用于写作。他们拥有充裕的午前时光，所以被描绘成典型的有准备的人。

几年前晨型人大流行时，一窝蜂出了很多相关的励志书，翻开任何一本都能看到这句话：

“早起的鸟儿有虫吃。”

高三时，我把这句话换了个方式来说：

“早起的鸟儿早犯困。”

我睡得晚起得晚。这不是理所当然的吗？

没人会凌晨三点就寝清晨六点起床。但有人仅仅因为早睡就受到表扬，有人则仅仅因为晚睡就受到责难，这不是有点不公平吗？我从十五岁起就开始努力，想把这个逻辑严密的理论灌输给父母和品学兼优的姐姐们，但他们太死心眼了，怎么也不明白。

说实话，我的睡眠模式确实有点独特。

从上大学起，我上床的时间越来越晚，放假时变本加厉，从凌晨三点推迟到凌晨六点，再推迟到上午十点，然后从上午十点推迟到下午三点、傍晚六点，最后到了夜里十点。这样一来，虽然不是出于自己的本愿，但表面看来，我的确成了晚上十点睡觉早上六点起床的人——转了一圈，最后回归正常。

这种睡眠模式在别人眼中既健康又理想，上保健福利部广告也不逊色，但对我来说，却是一切都颠倒了。这种生活过不长，顶多两个星期，又变成凌晨四点上床中午十二点起床了。

时间转啊转，最后回到原地。小说家保罗·柯艾略也那么说。即使是命中注定永远向着远方的浪子，在发现故乡的女孩最美丽、自家的草屋最温暖的瞬间，都会重新回到故乡。

像是在梦里，我听到恩英的声音：

“不是说中午有约会吗？你晚啦！”

“……”

“借这个用一下，行不行？”

恩英手里举着什么东西，我眯缝着眼看了看，她手里是我为写体验记而找品牌赞助的各种修身牛仔裤，她腿上穿着黑色的“艾迪·斯理曼”。

我惺忪的眼睛猛地睁大了，瞪着恩英——那条穿在恩英笔直的腿上的裤子，居然太肥大了！

对恩英来说，艾迪·斯理曼居然太肥大了？要知道男性先天骨盆较窄，臀围较小，恩英穿在身上怎么会松松垮垮的呢？

我一把抓过恩英手里的牛仔裤。

“别人看见了，还以为我想偷你的呢。”恩英把手里的吐司递给我，“你知道节食最基本的一点是什么吗？就是要吃早饭。”

我稀里糊涂地把吐司放进嘴里。

“哎呀，什么呀……这真是吐司吗？”

烤得硬邦邦的，像砂纸似的，把我的上颚都戳破了。

“知道啦！我不碰你的牛仔裤。不过，你也不许动我新买的康康舞裙！我干洗了，明天要穿的，记住了吗？千万！”

恩英向我伸出小指，想得到我的许诺。

“我才该说‘千万’呢！”

千万别再搞这么幼稚的“拉钩”的玩意儿了！可是，恩英每次非要这么做才满意。谁都有退回到小时候的瞬间，恩英的孩子气就表现在这件事上。拉钩的时候，她笑得像个六岁的孩子，似乎坚信只要拉钩了，约定就会实现。这个三十一岁的女人，在业界被称为“铁娘子”，却也有这么傻气的一面。知道这一点的人不多，我就知道，但我跟她共同拥有无法改变的过去，可能终生都会留下来做她的朋友。

“还要吐司吗？”

“你是故意把吐司烤那么硬吧？我的上颚都给戳破了！”

恩英顽皮地笑了，一脸得逞的表情。曾几何时，只是因为喜欢她笑的时候脸上现出的那对酒窝，我就千方百计接近她，跟她做朋友。那是初中二年级的事。我跟恩英一起度过的时光已有十七个年头了。我看着恩英，感觉她很美。我的朋友崔恩英真的美得耀眼，仿佛笼罩着一团光芒。

“你是不是打针了？”

“什么针？”

恩英从冰箱里掏出“哈克贝利农场”的酸奶。绿色食品、无蔗糖、无色素，只吃那种东西，皮肤怎么会不好呢？像我，天天加班，熬夜，截稿前整天吃比萨饼和方便面，皮肤又怎能好得起来呢？

“你该不会是打了肉毒杆菌吧？”

“我有那么老吗，都到打肉毒杆菌的年纪了？”

恩英舀起一大勺酸奶放进嘴里。

“那你为什么今天特别美？是不是3 Doctor还是Doctors，就是你们负责宣传的那家整容医院的三个大夫，一人给了你一张免费整容券，作为开业纪念？”

“想变美首先得勤劳。就说现在吧，因为睡懒觉，你连好好化个妆的时间都没了。规律的生活习惯是减肥的基础，你不知道吗？看看你的脸，肿得像个南瓜！”

我站到体重秤上，盯着指针看了一会儿，然后脱下身上的睡衣，做了个深呼吸，再次站了上去。即使睡衣只有0.001公斤，那也得减掉。可是，我刚放上一只脚，指针已经超过4，直奔5了。恐怖！

“这个秤坏了吧？”

我从体重秤上下来，沮丧地喊道——五十四公斤，只减了两公斤而已。

“怕是真的坏了。”我不甘心地嘟囔着。

就算是在凌晨的餐馆里，我也只是含泪吃黄瓜，没敢动一丁点肉。五天了，吃到肚里的东西只有不加糖的浓缩咖啡和香烟，不可能这样啊！

“坏了？”

恩英站到体重秤上，四十七公斤。她脖子上戴着项链，手腕上戴着竹制的手镯，衣服上挂着镶大颗珍珠的胸花，却只有四十七公斤。而且她还在不停地吃手里的酸奶。世界真不公平。

这就是该死的晨型人和夜型人的区别吗？

无论如何，做赴约准备是有点晚了。

我必须以最快的速度洗脸，还要除去脸上的角质；要穿裙子的话，双腿还要除毛；长得横七竖八的睫毛也要整理一下，让它们排成一列纵队；头发要重新卷一下，指甲油也该重新涂了，可是有涂指甲油的时间吗？

“穿什么鞋？”

似乎一半的工资都因为鞋子消失了，但鞋柜里还是连一双可以穿出去的鞋子都没有。

“香奈儿！”

恩英从鞋柜里掏出银色的香奈儿来。

“包就拿白色香奈儿2.55怎么样？”

“你疯了吗？跟金民俊那样的男人约会，背着梨泰院买来的A货？”

“那不是A货！”

恩英瞥了我一眼，笑着说：

“真香奈儿配假香奈儿？得了吧，真的也显得像假的了，还不如在身上贴个告示——‘我是狂迷名牌的A货使用者’。那个包，你还是去见讨厌的韩在石时用吧。”

“都说不是假的了！”

“万一是呢？你也别打出差时买的那个假爱马仕的主意，金民俊一定能看出来，毕竟是一年去纽约和巴黎十几次的男人。”

我怒视恩英。现在没时间争吵，到十二点还有不到两个小时，我得赶快用蜜蜡脱去腿毛。蜜蜡脱毛什么时候都疼得要死，但效果没得说。每次做，我总会想，我干吗非要这么做呢！如果有一天女人会从地球上灭绝，一定是因为爱美的欲望点燃了嫉妒和自卑而爆炸，产生了核爆炸一样的威力。

严格地说，“约会时连自己的饭费都不付的人不像话”，这句话只适用于男人。只要想想女人为赴约而花的费用、时间和精力，男人就不会没脑子地说出这种话。如果有不以为然的男士，那就用蜜蜡把他身上的毛都脱干净，或者让他穿着十五厘米高的高跟鞋在首尔清溪川广场的地砖上走两个小时，他就算再嘴硬，最终心里也会承认我是对的。

2

联合利华的乐鲜牌番茄沙司上市时，我大大激动了一番，因为我知道那跟番茄酱有多大的不同。番茄沙司不是单纯的甜味，而是混合了多种味道。我很喜欢意大利面，自己在家里也做过，似乎是受写过短篇小说《意大利面之年》的村上春树的影响，又似乎是因为喜欢“菲仕乐”这个牌子的意大利面锅的缘故。

大学时常跟朋友一起去苏莲托餐厅，后来又常去星期五餐厅和贝尼根斯餐厅，在那里，七八岁的孩子们牵着黄色气球跑来跑去，不时发出尖声怪叫。如今，三十岁的我常光顾的是嘉会洞的一家餐馆，面积不大，布局合理，装修温馨宜人。那里的意大利面与酱料融为一体，口味层次分明。而且，那里没有一般家庭餐馆那种过分的亲热，不会一看到你就高声问“小姐，您需要什么”，因此我喜欢。

其实，我选择那家餐馆还有一个更重要的原因——那是第一家被Doctor Restaurant评为星级的餐馆。接到他的稿子那天，《A》杂志的员工到那里聚了一次餐。放蓝纹奶酪和戈贡佐拉干酪的沙拉和意大利千层面，熏三文鱼和奶油海鲜烩饭，爽口的冰冻柠檬果子露，每一样都堪称美味。

在那里，只要付出合理的金额，就能品尝芬芳的柚子沙拉和香喷喷的烤鲷鱼，叫我怎能不喜欢呢？又不单收服务费，还需要说什么呢？况且，从米兰和佛罗伦萨出差回来，我得出一个结论：没理由付三万韩元在清潭洞吃煮得烂糊糊的“四不像”意大利面。

不过，那是在这家叫“ABOUT”的意大利餐馆，跟金民俊一起吃了芝麻菜烤牛里脊沙拉和加了皇帝蟹肉的手制意大利宽面条之前的事。

“意大利面真好吃，芝麻菜的味道也异常鲜美，真不知道是怎么做出来的。”

我看着民俊前辈说。

“总共只有五张餐桌，你有没有什么想法？”

“‘一桌餐馆’！我正在列采访单子呢。”

“一桌餐馆”是下个月餐厅报道的主题，采访对象包括真的只有一张餐桌的餐馆，也包括餐桌数量不超过五张的餐馆。比起那些大型餐厅，我对这种实行预约制的小餐馆更有兴趣。

“开业还不到一个月，已经远近闻名了，听说近期的预约单全满了。”民俊前辈放下红酒杯说，“他们的菜单随时调整，价格也很合理。”

恩英说的那个餐馆估计就是这里。

“这个餐馆好像没有值班经理，也没见过老板。要采访的话，得先找他们说一声。”

“采访恐怕不容易。”

“为什么？”

我从番茄奶酪沙拉盘子里挑番茄吃，碰也不碰奶酪，民俊前辈则光挑我留下的马苏里拉奶酪吃。只挑番茄吃的女人和只挑女人剩下的奶酪吃的男人——或许我俩能成为最合拍的恋人。

“《LOUIS》也想采访这里，结果没成。这里的老板恐怕奉行不宣传原则。”

“清潭洞还有不愿做宣传的餐馆吗？既上了杂志，还能起到宣传的效果，不是一举两得吗？要知道，我每天接到的电话里，有百分之三十是餐厅的宣传负责人打来的。”

“我接到的电话，最多的是前女友打来的，说见了面就要掐死我那种。是不是很有趣？说见面就要掐死我，还天天给我打电话。”

“没道理嘛。”

“像不像开玩笑？”

“我倒觉得是真的。”

我们相视而笑。

“反正我接的电话，餐馆宣传负责人打来的最多；我的邮箱里，餐厅的宣传邮件最多。这里居然不愿意接受采访？你知道我钱包里有多少张餐厅免费用餐券吗？”

“三张。”

"十一张！"

"快跟我交往吧。"

这个人，一张嘴就是玩笑话。在一起共事五年了，我怎么会不了解这一点呢！

我看着微笑的民俊前辈。

"前辈，这里不接受采访的消息确凿吗？"

"所以说，这儿很特别啊。"

"我的战斗力上升到百分之二百了。"

我环顾餐馆内部，服务员悄无声息地在厨房和大堂之间穿梭，柜台后面有个职员专门负责结账，此外没见到其他工作人员。除了一个巨大的葡萄酒柜——这是供应好酒的餐馆必备的，整个餐馆显得朴素而沉静。地面是原木铺的，踩在上面发出咚咚的声音，仿佛时间沉淀到了脚底。这些木头大概是从老瓦房的屋廊上拆来的。

有一面墙上密密麻麻贴满了成人大拇指甲大小的白色马赛克，旁边挂着一块榆木黑板，上面写着今天的菜单，是根据从市场上买来的材料及其新鲜程度制定的。黑板上的字一个一个写得横平竖直，规规矩矩，像初中生的笔迹，那种认真劲儿让人不由得心生好感。

院子也很有情调，树长得郁郁葱葱，露台上大棵的迷迭香和罗勒也很茂盛。这些香草大概也用于调味，看得出有剪掉的痕迹。

屋里的每张桌上都有式样独特的烛台，上面放着蜡烛，这也让我喜欢，可能晚上来更有罗曼蒂克的感觉。

至少这个地方不同于那些摆着昂贵的古董家具，却满墙挂着不相配的波普艺术画作的餐厅。这里既不给人权威的重压，也没有评论的刻薄，温暖，朴素，令就餐的人舒适。最重要的是，餐厅里萦绕着温暖的空气，这是烹制食物的厨房在有机运作的明证。

“有意思。”

“是啊，真想采访一下店主。”

“不，我是说李瑞贞你有意思。”金民俊笑着说，“好了，吃饱了就起身吧。我得去一下Moe和Boon The Shop拿衣服和鞋子，还要去黄鹤洞拿一下小饰品。”

有意思？这话听起来含义怎么那么模糊呢？

民俊前辈没理由突然对我产生兴趣啊！过去五年，我们在一个办公室共事，也一起拍摄过好几次。两年前一起在坦桑尼亚拍时装大片，连续八天一起吃，一起睡，一起走，一起哭，也没产生任何感情的火花。我们的同事之谊，只有在说服那个坚持不在坏脾气的马萨伊长颈鹿旁边就照不了照片的、令人无奈的摄影师时才表现出来。

恩英说这是一种“暗号”，男人花钱，不是为了慈善，而是为特别目的进行的投资。男人渴求性爱，这我也知道。但金民俊就不一样了，我自认为比谁都了解他。可是，突然间一切都乱了。

“你好像来短信了。我们走吧？”

民俊前辈掏出钱包结账。我呆了一下，拿出手机。吃惊的是，在短短的午饭时间内，季者前辈给我发了五条短信。

——什么时候来？

——在路上吗？

——给我餐厅名单。

——还没来？

——来了马上找我！

一条条短信像在打我耳光，跟我说“醒醒吧”。我连忙把短信删了，我连手机里有朴季者的短信都无法忍受。

世界上不只存在公司不肯对员工明言的秘密，也一定存在由员工独享的秘密。曾经有一位《LOUIS》的前辈看到我飞快地把短信删掉，对我说：

“你泄愤只不过是删短信吗？我可是把我们次长的手机号码设成垃圾号码了。”

每个人在公司里都收藏着很多敌人，收藏夹一打开，那些敌人就会跳出来朝着你的心脏一通扫射。我，你，还有我们，都是一样。

“听说修身牛仔裤体验记交给你写了？季者前辈说的。”

岂有此理！

“她说是你申请写的。由你写，这篇体验记一定好得不得了。”

该死的！

“对了，刚才我就想说，这条康康舞裙很漂亮。”

“啊？”

我吃惊地瞪着民俊前辈的脸。

“真的很适合你，很美！在哪儿买的？”

天哪！

五年来第一次被自己喜欢的男人称赞，居然是因为偷穿了朋友的裙子，令人扼腕叹息。到底怎样才能把这条裙子抢过来呢？

3

妈妈给我打来电话，叫我去拿药。我讨厌中药，味道苦，喝着难受，喝完恶心。这与其说是体质问题，不如说是心理问题。小时候，我看了太多历史剧中张禧嫔喝毒药死去的场面。钱忍和、郑善敬和金惠秀，居然都饰演过张禧嫔，因此那个一口气喝完一碗毒药后吐血死去的场面，我看了三遍。鲜红的血吐在雪白的素服上，多么凄惨啊！

我从小到大喝过各种各样的中药，有长个子的药、变聪明的药、治痛经的药，还有说对肩背痛有效的药、改善虚弱体质的药，等等等等。神奇的是，我的体质真的改变了——变成了饿了四天却仅仅减掉一公斤的受诅咒的体质！

"家就在跟前，瑞贞你是不是太过分了？已经一个月没回家了！"

从办公室走回家需要十五分钟。但如果乘车，常常需要二十分钟或半小时，家乐丽雅百货前面总是堵得很厉害。

"家里有赛尼可，你不是说想要吗？"妈妈说。

"买的？"

"当然了，在肥胖门诊开的。我现在不需要了，我吃中药减掉了五公斤。觉得你肯定需要，所以还留着，你不是得减肥嘛。"

妈妈总是那样说话。她认为有好吃的，自己年纪大了应该先吃，女儿们以后吃的日子长着哪，当然应该让着她。姐姐去非洲后，她这种想法似乎更坚定了。

"您是说我胖，是吧？"

"你嘴里不也天天说自己胖吗？"

"看在我们一起变老的分上，妈妈别说那种话了！说实话，妈妈不也有小肚子嘛！"

"你这孩子！这是你不减肥的理由吗？不吃算了，想要的人排队等着哪！”

赛尼可是蓝色的胶囊，简单地说，是阻止我们的身体吸收油脂的减肥药。赛尼可通过了FDA认证，也就是说安全性得到了保证。服用方法也很简单，饭后一粒即可，很适合现代人。但是，这种药并非没有缺点。

比如说，前一天晚上吃了炸鸡、比萨饼、拌饭、炸鱿鱼或炒鱿鱼，又吃了赛尼可，第二天早上你就等着瞧吧：马桶里会出现一幅相当具有震撼力的景象——五颜六色的，会让你想起前一天吃下去的东西。

橘红色，黄色，红色！

马桶里的油脂色彩斑斓，还很时尚地混搭在一起！

这些油脂显然来自炸鸡、比萨饼和炒鱿鱼。你摄入的油脂，赛尼可阻止身体吸收，并在第二天早上展示给你看。我敢打赌，光是看一眼就会令人作呕。

更可怕的副作用还没说呢。

这种阻止身体吸收油脂的药，性能超群，尤其是它的药性是可累计的，第二天比第一天厉害，第三天比第二天……效果一天比一天强大。问题是，身体吸收不了的油脂是随大便一起排出来的，屁股里出来其他东西时，就可能带出油来。比如说，不小心放了一个屁，油就会跟着冒出来，不光会弄湿内裤，甚至连外面的裤子都弄湿。如果刚好前一天吃的是油炸食品，会出现什么情况呢？

简直没法说。

千万……服用赛尼可的人千万要用护垫或卫生巾啊！如果不希望被人说成用卫生巾的男士，那最好远离赛尼可。在这个疯狂的世界上,胖男人为了减肥,居然不得不带上女人用的卫生巾,这就是渴望美丽的人们丑陋的一面。

我们杂志美容部曾经给赛尼可和诺美婷等减肥药拍过一组照片，在摄影灯的照射下，那些东西看上去晶莹剔透，打个孔做成项链或戒指都可以。但是，它们发挥的效果如何呢？不要说减肥了，简直令人恶心。

尽管我对这一切了如指掌，但理性是控制不了感情的。我是正常的，电视里那些骨瘦如柴的模特才不正常呢！我嘴里这样呼喊，但还是“感到”自己太胖了，尤其是每天早上勉强把修身牛仔裤套到腿上，气喘吁吁的同时，感受最深的是：我的大腿太粗了！小腿真短！

重要的不是知道，而是感觉。这果真是知识女性面临的浪漫的双刃剑吗？

“我给你赛尼可，你得把中药也一起拿去喝，如果不拿中药，就不给赛尼可。”

果然不愧是妈妈。

妈妈是谈判的鬼才。这么好的基因，为什么我一点也没遗传到呢？

4

刚当上记者的时候，朋友们羡慕死我了，当上负责电影和餐厅的记者时更不得了。他们嚷着:“能见到英俊的张东健和孩子气的赵仁成，能在高级餐馆免费吃饭，还能随时趾高气扬地去国外出差，多好啊！”

但真实情况并不是那么简单——就好比书店职员因没时间看书而递了辞职信，就好比厨师的妻子在家里吃不到丈夫做的美味佳肴。

我认识的一个知名餐厅的大厨，最喜欢的食物是方便面，理由是味道好，方便快捷。一包方便面的价格是七百韩元，他烤的夏多布里昂牛排每块的价格超过十七万韩元。他从不吃自己烤的牛排，只烤给别人吃。真实情况常常就是这么荒诞。

《纽约时报》或《今日美国》的餐厅报道值得百分之百相信吗？韩国杂志的餐厅报道呢？

这两者之间存在着决定性的差异。纽约的餐厅宣传负责人不知道《纽约时报》的记者什么时候到自己的餐厅来，虽然偶尔会有信息泄露，主厨得知餐厅九号桌是某位著名人士，紧急变换材料的情况，但原则上，记者的拜访总是秘密进行的。

我们的采访方式则与此完全相反。

定下要采访的餐馆后，我会首先拿起话筒。

“您好！我是《A》杂志的李瑞贞记者，请问宣传负责人在吗？”

如果他们恰好了解我们杂志，事情就一帆风顺了。但如果碰到对时尚一无所知的店主，或者是偏僻山沟里朴实的餐馆老板，事情就会复杂得令人难以置信。

我们首先要根据餐厅的时间表定下日期和时间，还要预先告知对方打算刊载的菜单，因为就算是味道绝妙，但如果厨师对形式美没有感觉，随意摆盘，就没法拍出好照片来，尤其是我还有一位对地球上的漂亮东西最敏感的女上司。

“你就打算把这种破烂照片给我们的读者看吗？如果是你，会愿意吃这副模样的牛排吗？还不如把一双脏皮鞋放在盘子里切着吃呀！”

有一句话主编常说：卖的不是牛排，而是牛排烤得吱吱响的声音。

归根结底，最重要的不是牛排，而是牛排的照片。我工作的地方，包装纸比被包装的东西更重要，理由是——“表象”是反映“内容”的镜子。

“请准备适合这个季节的食物，请考虑色彩搭配，因为要拍照，越漂亮越好。不要漏掉餐厅的特色菜，最重要的是，要有装饰，如果有花或石头等可以在照片中用作小搭配的东西也很好。”

我把头探进厨房，念了无数的咒语，都是为了得到好照片。以这种方式进行的采访，怎么能对餐厅的食物进行公正的评价呢？虽说采访的餐厅都是经过精心挑选的，但既然是预约好的采访，就无法体现公正。

好，下面我就要发表良心宣言了。

我写的餐厅报道中，百分之八十是谎言。

牛排的肉汁干干的（冷牛排怎么会不干呢），意大利面没有嚼头（凉意大利面不可能有嚼头），沙拉不脆（酱汁像水一样，把菜泡在里面，沙拉不可能脆），一句话，我文章里说“好吃”的那些餐厅，可能是“不好吃但有名的餐厅”，是我把视觉效果好当作首要条件来选择的餐厅。

这是本行业的秘密。

我在 Doctor Restaurant 面前感到严重的自卑，正是因为他比谁都正直。不是因为他文笔好，文风犀利，而是因为他的文章体现了独立的判断和见解。

时间就是金钱？哪儿的话！

二十一世纪，金钱就是时间。

首先，金钱可以节约时间。我显得很爱财，正是因为总是缺少“钱”来买“时间”。钱多就会幸福吗？至少在采访餐厅的时候，钱似乎能带来幸福。

Doctor Restaurant 能精准地批评，是因为他是自己付钱点菜的。不是采访，不是赞助，不是邀请，而是自己付钱，这是问题的核心。

他不必像我这样拿着电话联系餐馆浪费时间，而是走进自己选中的餐馆，点菜，估算上菜的时间，开始评论。上菜的时间是否恰当，是否选用了合适的餐具，餐具该加热的是不是加热了，该冷藏的是不是冷藏了，餐馆的气氛是不是舒适，服务是不是恰如其分，最后对菜的味道进行诚实的评价就行了。

而记者呢，一顿法式大餐十五万韩元，自己付钱吃是不可能的。为了采访刷一两次卡没问题，但不能每次都刷。而且，那种微服私访似的取材方式不可能拍到好照片。一边吃十五万韩元的大餐，一边拿出相机拍照，可能吗？那就像手里拎着价值千万的爱马仕铂金包却排长队等着坐经济舱一样可笑。

我的职业性悲剧不仅如此。

事实上，负责餐厅的记者是吃冷饭的能手。

因为餐厅的食物大多要等拍摄结束后才可以品尝。牛排放凉了，意大利面发胀了，烩饭变得烂糊糊的，我的品尝任务才能开始。

而此时，如果遇到一个热情的餐厅老板，托着下巴坐在我对面，目不转睛地看着我送进嘴里的每一口饭菜，时不时来上一句：

“怎么样？味道好吗？”那可真是糟透了。在我已经转了三四个餐厅，肚子都要撑爆了的时候，身边却站着一个拼命劝我多吃的厨师长，他无异于一枚手提菜刀的炸弹。对记者来说，他们的热情是严重消化不良的预告，那种关心带来的常常是胃功能障碍，尤其是对我来说，亲切的厨师是破坏节食的敌人。

“蘸酱料吃，味道更好。”

就算是杰米·奥利弗或哈利·波特制作的魔术酱料，也不能让凉透了的食物起死回生。我强颜欢笑，一边拿起炸鸡蘸着据说是有机草莓做的酱料，一边在心里嘀咕：味同嚼蜡，简直想吐。

“味道真不错。”

最终说出口的，却只是这种无关痛痒的评论。超过三十岁的女人的职业病，就是这么可悲。

“记者小姐，您要用餐券吗？请一定带朋友再来一次！”

啊……这就是我要命的餐券人生！

“这里还有打对折的折扣券，您要不要？”

我的打折人生啊！

5

郑诗莲的采访与拍摄准备得很顺利。

民俊前辈从香港和伦敦空运来大量服装，还为寻找饰品摆件特意去了趟东京。以“哥特时尚”为主题的拍摄方案速写画得很漂亮，粗粗缝了几针的衣服也像博物馆里的组合陈列品似的，乍一看有些突兀，但细品很有味道。

“已经把化妆和发型方案交给朴室长了吧？”去参加电影首映

式回来的季者前辈问，“拍摄说是什么时候来着？”

“八号。”

“还有三天，采访准备做好了吗？”

我点了点头。

“她的电影全都看过了？”

干吗要刨根问底呢？难道真想从我手里抢走郑诗莲的采访吗？我点了点头，心里却在抱怨。肚子空了一上午，已经饿得前胸贴后背了，这种方式的减肥到底还要多久，想想就觉得前途渺茫。

“拿采访提纲给我看看！”

我怀疑自己的耳朵听错了，一定是饿了几天产生的幻觉吧。

“什么？”

“拿采访提纲给我看看！”

“为什么？”

“我为什么要告诉你原因？”

“我既不是新手，也不是实习生，而且采访提纲还没写完呢！”

以前也有过这样的事，那时她也这样跟我要了采访提纲，没做任何说明就拿走了，于是，本属于我的采访被她全盘接手了。为联系裴勇俊而全力奔走的韩在石也遭遇过同样的事。韩在石把所有的人脉都动员起来，终于从裴勇俊所属公司得到了肯定答复，那时季者前辈就说了这样的话：

“提纲给我，采访由我负责！”

在石愤怒了，为这事告到主编那儿，但季者前辈眼睛也不眨一下，说：

“怎会让你这样的新手去采访裴勇俊？想把杂志社搞倒闭？”

不能说她的话没道理，但手段实在可耻。开始说得好像联系上了对方就可以负责采访，结果半路杀出来，把采访抢走。这件事的后果之严重，不是把长出来的芽掐断了，而是连根拔掉了。从那以后，韩在石绝对不把热情与工作联系在一起，而是埋头于购物，联系演员成了我一个人的职责。不安排吊儿郎当的韩在石采访，是季者前辈下的一剂猛药，但在石根本不放在心上，他已经制定了一个雄心勃勃的计划，只要任职期满，就会在职业道路上来一个急转弯，开始自己的购物事业。当然，把韩在石变成这样的正是季者前辈。

“李瑞贞，你要搞清楚，你只不过是个编辑，我是你的领导。领导说一句，编辑就顶一句，像话吗？叫你干什么就干什么，怎么那么多话！”

我没说话，死盯着季者前辈，希望她能从我的眼神里看出我想说的话：再多说一句，我就一口咬上你！

“‘一桌餐馆’的采访进行得怎么样？名单里有几个采访过？”

季者前辈换了一个话题，看来瞪眼睛这一招还挺有效的。

“三个。”

“再加一个，三个有点少，不行就推到下个月再登。”

“不劳您说，我正在联系呢！”

“清潭洞新开了家‘ABOUT’，你给我的名单里没有吧？身为负责餐馆报道的记者，你的消息怎么还不如我灵通？”

“我已经去过了，也品尝过了，已经放进更新的名单里了，您没看到吗？”

我得意地盯着季者前辈。

“那里的海鲜烩饭相当正宗，鲜制意大利面种类也很多，听说主厨是意大利通。你好好采访采访，包括甜点在内，全都品尝一遍再写报道，别想随便照张照片写几个字就敷衍了事。你的餐厅报道不好好写，就会跟 Doctor Restaurant 形成鲜明对比，你也知道吧？”

非要那么说话吗？虽说在单位里应该上命下从，但在把努力建立良好关系作为职业美德的二十一世纪，那种语气也太霸道了。每天都在写关于世界流行趋势的专栏又有什么用呢？自己的脑结构还是完全不符合时代潮流的老古董。

“主编跟你说过采访 Doctor Restaurant 的事了吧？”

“说过了。”

“别光答应，赶快行动！光待在办公室里有什么用？”

这话该谁说啊！她才是光待在办公室里，连卫生间都不去呢，不然人家怎么会说她办公室里藏着尿壶呢！

“怪不得你减肥总也不成功呢！这样能穿好修身牛仔裤吗？”

可恶！

“出去之前把郑诗莲的采访提纲打印出来，放在我桌子上。”

“嗯？”

“你不知道我说话不愿意重复吗！放我桌子上再出去！”

朴季者说完就迅速消失了，我一直盯着她离开。

6

我迷迷糊糊地离开公司，走到妈妈家门前。走路果然比开车快。小区院子里停着一辆落满了灰尘的索纳塔，车钥匙就在我包里。我打开车门，把钥匙插进去，打着了火。驾照的暂扣期限已经满了，但很久没开车，我感觉有些生疏。

坐在马桶上流眼泪于事无补，像以前那样立刻给恩英打电话出气也没有意义，我决定采取其他方式。

开车出了小区大门，我拿出手机摁了几个数字，电话接通了，铃响了几声，一个男人的声音传过来。

我不想啰啰唆唆地说明情况，请求理解，说服对方。有人把我辛苦建成的塔推倒了，有人把“讨厌”之类的话随身带着，像发名片一样四处发放。一切都让人厌烦，被拒绝是这样，求人也是这样。

我单刀直入地说：

“我是《A》杂志的李瑞贞记者，想采访你们餐馆。”

幸好男人没问是什么类型的杂志。比打电话更有效的是直接见面，如果店主是个挑剔的人，我只要把耐心和毅力充分展示出来给他看就行了。

“我正在去您那儿的路上，直接见面谈可以吗？”

“好的。”

“十分钟后见。”

我话音未落，对方已经挂断了电话。

我又给恩英打了个电话。

“瑞贞啊，我现在忙得团团转，能不能过一个小时再打？”

电话那端传来喧闹的声音，恩英显然在外面，可能在参加某个卖场的开业典礼或在开会。

“我跟朴季者玩完了，全都给她得了，我实在懒得生气了。”

“什么？”

清潭洞结婚礼堂前停满了车，似乎出车祸了，我看到一辆出租车和一辆路虎撞在一起。

“以后真的要写剧本了。”

“等一下！”

我听到恩英拿着手机跑的声音，高跟鞋哒哒地敲打着地面，像在争分夺秒。

车堵得一点也动不了。

“出什么事了？”恩英气喘吁吁地问，“你在什么地方？”

“都辞职三次了，第四次不把活儿干得让他们没话说行吗？不然的话，主编不又得追来说要杀我嘛！今天我不回家了，别担心，早点睡吧。”

我尽可能淡然地说，听起来像是在说别人的事。

“你说这些是开玩笑吗？”

“是真话。”

我合上手机翻盖，然后摁了关机键。

与敌对话法

1

我的梦想是成为电视剧编剧。

我不像姐姐，不是通读启蒙出版社或金星出版社的世界文学全集的一代，也不是在鹭梁津或弥阿里的电影院里连看两部电影培养起大银幕梦想的一代。

我是受电视洗礼的电视剧儿童：看《女人靠什么活》，认识到女人生活的艰难；看《非凡岁月》，了解青涩的爱情；看《谎言》，发现了不伦之恋的种子；看《恋爱的基础》，第一次醒悟了爱的混乱。

我喜欢电视剧的通俗性。所谓通俗，不就是指的跟世俗相通吗？含义这么好的词，却被人们贬低得一无是处，我认为很不公平。有人喜欢读尼采、德勒兹、齐泽克的书，获得知性的满足，有人喜欢看塔可夫斯基或大卫 · 林奇的电影，对其评头论足，但世界上并不是只有这些人。

一个小小的电视屏幕，令老人和孩子一起狂热，令人暂时忘却生活的痛苦，令人投入地哭和笑，产生只要付出努力也能成功的信心，产生世界似乎还是个值得生活的地方的希望，我认为这就是电视剧的通俗具有的力量。

进入时尚杂志社，决心当一名负责电影版的记者，也是为了实现梦想，因为可以借机给我未来的电视剧挑选演职员，在采访演员的过程中也能和他们拉近距离。

我是主动要求负责电影版的，但干了还不到一个月，就知道为什么负责电影版那么没人气了，因为《A》杂志不是专业的电影杂志，在韩国联系演员进行采访难于上青天。一句话，时尚杂志的电影栏目记者是“驴粪蛋表面光”。

第一次递了辞职信后，我去的第一个地方就是位于汝矣岛的电视剧编剧进修学院。在那里，我上了基础电视剧课，讲师在第一堂课上说的第一句话是：

“电视剧就是矛盾。”

身为电视剧编导的讲师再三强调，并在黑板上写了这样一句话：

没有矛盾，就不成其为电视剧！

跟小说和诗歌不同，电视剧的编剧中不会出现二十岁的天才，因为它需要全面地处理错综复杂的矛盾。所谓矛盾，是在人与人的关系中产生并发展的，而了解和体会复杂微妙的人际关系需要一定的时间。

在时尚杂志社工作时，我一感到疲累，就给自己洗脑：

这些矛盾是好事啊，是我以后写电视剧的好素材。如果不是在这个地方，我怎么会遇到这些奇怪的人物呢，像韩在石那样笑起来下巴像要掉了的男人上哪儿去找？像朴季者那样说话、像韩智仙那样穿衣服的女人哪儿又有呢？不要忘记！把他们的言行举止全都记住，以后才能给参演我的电视剧的演员讲戏啊！

但有些时候，这些也无法安慰我。这或许就是现实和电视剧的差异。现在的我，甭提别人了，就连自己的矛盾也理解不了。如果把这种情况编成电视剧，应该怎么处理呢？第一个场景该怎样安排？矛盾的高潮又该如何引发？而最后的结局呢？

要结束，总是需要一个结尾来证明，就像一句话结束时，总要画一个句号。

推开餐厅的门时，我想，从此跟《A》杂志一刀两断，这个地方将成为我作为餐饮栏目记者的最后一个采访地点，从此与放冷的食物永别，也不必再看朴季者那张臭脸了。我苦笑，看来辞职也并不全是坏事。

还不到晚餐时间，餐厅里空荡荡的。

我走到窗边，拉开一把椅子坐下。窗户开着，微风阵阵，迷迭香独特的香味随风涌入，芦笋和荠菜的香味混合着在空气中飘荡。春天慵懒的气息仿佛沉淀在厚重的地板下面，一闭上眼睛，就感觉有股暖洋洋的香气从脚底下升起。地板下似乎洒满了种子，只要轻轻敲击一下硬邦邦的地板，那些种子就会被唤醒，发芽，生长，冒出地面，绽开鲜花。我想象着花粉像灰尘一样飞起来，在鼻尖上落下白白的一层。

一片静寂，但并非与世隔绝。

这里的一切，那窄窄的窗台和桌上的雏菊，那被风吹得鼓起来的蕾丝窗帘，似乎都在静静地等我开口。钟表停止了走动，小花盆里种的百里香似乎也为我留住了那本可传到百里外的香气。

突然，我想起小时候坐在秋千上、被人从背后推着荡起来的情景。

还有时不时响起的笑声，背上感觉到的温暖。

推我的手是姐姐的。

尽管整天在儿童乐园的沙地上扒拉，那双手却从未弄脏。那双美丽的手，为病人擦去污血，缝合伤口，挤出脓液，却从未散发出甲醇味，而总是带着好闻的气味。这个地方，分明也散发着那种气味。

我感觉胸口发胀。

就像了解人生多么刻薄可悲的公司职员，在下班路上爆满的地铁里抽空读着海伦·聂尔宁的书一样，我心里慢慢温暖起来，似乎明白了人们为什么喜欢这个餐馆。

我把视线从窗外转回来，看看手表，比原先约定的时间迟了半个多小时。

我走向厨房。

先是看到几个人在择菜，切菜，准备晚餐。狭小的空间里挤了好几个大男人，都忙忙碌碌的。有个人在剥洋葱，还有一个拿着勺子在一口大锅里搅什么，他的动作那么小心翼翼，像对待一个柔弱的婴儿。厨房里很安静，但充满活力。如果带了相机，真想把这样的情景拍下来。

我转过头，与从巨大的步入式冰箱走出来的高个子男人四目相对。他手里拎着一把大菜刀，眼睛盯着我。

那是……朴佑振！

就像撞了车似的，我们的视线瞬间相遇，同时停了下来。

我身体的某个地方似乎发出咔嚓的断裂声。

他穿的不是白色的医生袍，而是同样白色的厨师服。他对我做了个手势，那个果断有力的手势传达的信息很明确：

立刻出去！

我走出厨房，心情纷乱如麻。

为什么那个男人出现在这个餐馆的厨房里？本应拿着手术刀妙手回春的外科大夫，怎么会拿着菜刀呢？是转行了吗？是我看错了吗？跟我约好见面的餐馆老板到底在哪儿？该不会……

“请喝。”

朴佑振把一杯香草茶放到桌上，坐到我对面。我呆呆地看着玻璃杯里的香草浮浮沉沉。

“马上就要开始营业了，请挑重点说一下吧。”

他腰上系着一条围裙，身穿白色厨师服。

“我的意思是……你不是大夫吗？”

“七年前是。”他给了我一个简单的回答，似乎完全没当一回事，“世间事总是变化的。你有什么事？”

我定了定神，喝了口香草茶，浓郁的迷迭香味一直冲到鼻尖。

“你是这里的社长吗？”

他点了点头。

这时我才回过神，想起自己来这里是为了采访，不是作为七年前相亲时被放了鸽子的女人，而是作为记者来的。

“我想报道这家餐馆。”

我提出的要求，他总不好断然拒绝吧？虽然那天我倒了他的咖啡，但比起他相亲时不到五分钟就放我鸽子，那根本不算什么，应该不算，不能算！

“不行！”

他斩钉截铁地说。

“为什么？”

“我们从不答应任何采访要求，对《A》杂志也是一样。”

“可是，新开的餐馆能在好的媒体上得到好的评论，是多么重要啊！”

“我没打算宣传餐馆。”

“您开餐馆也是兴之所至吗，就像把相亲当成消遣一样？”

我忍不住挖苦他。

“正因为不是用来消遣或炫耀的，所以不愿意接受采访。”

“我坚持要做。”

一股意外的傲气油然而生。

“开了餐馆却不愿意宣传的原因到底是什么？能说得通吗？”

“我为什么要跟李瑞贞小姐解释原因呢？”

我感觉像是当头被人打了一棒。

“我一定要做！如果说不行，我就天天来。”

人如果能因为耻辱感而放弃某件事，说明心中已经有了替代方案，而我尽管面对着这个男人时心中充满耻辱感，却无法退缩，因为别无选择。

“怎样才会接受采访呢？请告诉我！”

他双手抱胸看着我，那种游刃有余的态度令我气愤不已，仿佛令时间放慢脚步的餐馆结构也变得憋闷了。此时看起来，这个地方似乎反映了他的性格——阴险，无礼，而且心胸狭窄。

“没有什么办法，因为‘不接受采访’是我们餐馆的方针。”
“那个方针不是朴佑振先生定的吗？”
“对。”
“规则不就是为了修改而存在的吗？”
“谁说的？”
“我！”
“好吧，牛的上脑在哪儿？”
“嗯？”我慌乱地看着他。
“我问您，上脑是在什么部位？”
“上脑……是不是在脖子上？”
朴佑振不动声色地说：
“我不会接受采访的。请回吧！”
“什么？”
“上脑在牛的肩胛部位，虽然筋腱较多，但脂肪量适当，吃起来很不错。请记准了！”
我盯着朴佑振。
他做了一个测试，而我成了说“海鸥肉是海鸥的肉”的傻瓜记者。
“不走吗？”
朴佑振站起来看着我。

为了采访演员刘智泰，我曾不管三七二十一等过他。当时正值他参演的话剧公演，经纪人说他是个非常敏感的演员，不能答应采访，以免分散注意力。经纪人答复时声音很郑重，态度彬彬有礼，不愧为好演员的优秀经纪人。刘智泰认为集中精力做自己的事情比宣传更重要，这种态度也很了不起。但身为记者的我立场就不同了，我不管不顾地跑到剧场后门口，等着刘智泰出来。当时的气温是零下十度，体感温度大概零下二十度。

最终，我没能等到他，凌晨时分才坐上出租车回家。在剧场后门口就哗哗地流鼻涕，第二天开始狂咳，第三天伴随着一切症状的感冒发作了，眼泪鼻涕一起流，两天没能上班。

我站在ABOUT外面，一直等到最后一位顾客离开。

尽管夏天就在眼前，但我感觉像那次一样，仿佛赤脚站在北极的冰河里，脚趾似乎都被冻到冰块般的鞋底上了。但我必须完成这个采访，不是为了向季者前辈或主编示威，而是因为我决心不再回避自己的过去，从此直面它，与它斗争。

写了七年的餐馆报道，我到底学到了什么？居然连最基础的知识都答不出来，这样的我是不可宽恕的。在必须夜以继日拼命工作的可怕的时尚界，我仅凭着在顶级杂志社工作的自信心坚持到今天，而朴佑振竟然用那样轻蔑的目光看我。我忘不了他的眼神，决不能就这么离开。

一直以来，我满脑子都是对那些傻瓜厨师嬉笑怒骂的文章，经常悲叹到处都是无知的厨师，居然不知道“慢食”是一种饮食哲学，而将其当成“慢慢上的食物”。我总是强调，因为食物不像样，就写不出像样的美食评论来。我曾经那么自负……

半夜十二点过后，朴佑振才脱下厨师服，穿着衬衫走出厨房。

他没有意识到我的视线，静静地站在柜台前翻看手里的几张纸，那似乎是材料采购单。时间流逝，他最终发现玻璃窗外紧闭着嘴站着的我，无言地跟我对视了一会儿，脸上没有任何表情，读不出任何信息。后来，他把手里的围裙抖了几下放到桌子上，然后推开门，走到我面前。

“有一个条件。”

“……”

“到厨房来，亲自切切胡萝卜，再写报道，至少一个星期。这是我的条件。”

“到厨房？”

“我不相信不懂烹饪的人写的专栏。那些所谓的美食记者，连刀都不会使还整天喋喋不休，试图用华丽的辞藻掩盖对菜式的无知，写出来的报道通篇堆砌各种比喻和形容词，散发着恶臭，让人一看就恶心。那种垃圾报道也好意思发表！记者之间是不是共享报道？餐馆评论也好，美食评论也好，都大同小异，只改动了几个字而已。采访对象也千篇一律，没有特色，难道负责报道餐馆的记者不需要发掘有价值的新餐馆吗？”

他说话的语气活像 Doctor Restaurant。

“真想采访的话，必须了解我的食物是如何制作的。你知道吗？美食评论，只有能准确表现出那种食物的人才能做。如果你能进厨房工作一个星期，我可以考虑采访的事。”

“我做，我能做！”

“丑话说在前头，李瑞贞小姐，你虽然是记者，但不会有任何特权。我的厨房里都是专业人士，整个厨房已经形成了一条完美的流水线，必须安静地参与，任何不满和疑问都不接受。如果不打起十二分精神，你一定会流眼泪。”

“没关系！”

就算他是戈登·拉姆齐[1]那种爱骂人的火暴脾气，我也没退路了。

“什么时候开始上班？”

“打电话吧！”

我把手机放进包里，看着他的手指，那存于记忆中很久的修长白皙的手指。一想到那只手就是拿刀的手，我就感觉脊背发冷——过去是拿救人的刀，而现在是拿杀死活物的刀。

“您是不是去留过学？什么时候开始当厨师的？”

朴佑振没有回答我的话，转身进了餐馆。

我看着他的背影——还跟过去一样，丝毫未变。

2

我回到妈妈家。

凌晨两点。房子里的一切似乎都睡着了，我蹑手蹑脚地走到自己的房间，进屋躺在床上。习惯真是可怕的事，我打着哈欠，还是下意识地掏出手机，摁了开机键。疲倦得恨不得马上睡去，却听到手机里不断传出短信提示铃声。

关机九个小时，总共有二十四条短信和四十七个未接电话。

我是不是该感动呢？这个社会居然这么需要我！

手机开始一个一个吐出收到的短信。

——不马上给我打电话，就把你扔到楼下！

二话不说，这是主编的短信。

---

① 戈登·拉姆齐，主持真人秀《地狱厨房》的著名英国厨师。

——事故！事故！

这是总咋咋呼呼的韩在石。

——李记者，求您接电话吧！

这大概是三百多个宣传女郎中的一个。

——瑞贞，在哪儿？

这是恩英。

——干什么哪？电话为什么关机？

这条也是。

——自杀了吗？

恩英因与生俱来的执著而成为宣传的鬼才。

——在汉江边上？

——在六三大厦上？

——跟你开玩笑的，快回电话！

惊人哪，她居然发了九条短信。

——我是U2，您要的精品酒店的照片发给您了。祝愉快！

宣传女郎的短信接连不断。

——李记者，我要死了。

——你疯了吗？还不接电话？

——郑诗莲说不接受采访了！

——求你接电话吧！真的出事了。

如果发生了难以置信的事情，大部分人会像拿着剧本的演员一样，大声喊出自己的台词：

“什么！不接受采访了？”

我起身坐到床边，脑袋里像有爆竹在接连爆响。

妈妈推门进来，大概是被我的惨叫声惊动了。我摆了摆手，示意她出去。妈妈对我这种情况见怪不怪，悄悄掩上房门出去了，她知道，自己的女儿即将上战场对谁狂轰滥炸一番了。

我还没来得及摁电话号码，屏幕上已经出现了电影公司李美静部长的名字，这种电话必须尽快接，立刻！马上！

“您好，李部长。”

我得让这个失魂落魄的女人镇静下来，为此，首先要戴上一副面具——“没什么大不了的”。那种面具，我工作期间已经做了几十个。必须让她感觉我处理这种事是绝对的专家。说不拍照了？没问题。对付变化无常的演员正是我的专业！我必须无条件地坚决面对。

“怎么办，李记者？”

她肯定是哭过后给我打的电话。她来的电话多达十七个，一想就是这样。

“请镇静下来，慢慢告诉我是怎么回事。”

“郑诗莲说不拍了！她对方案不满意。”

“是说拍摄方案吗？”

“是。”

“什么理由呢？”

“说是太不漂亮了！”

是我们高估了郑诗莲吗？那个方案，本来就不是为显得漂亮而设计的，而是一个实验性、突破性的时尚方案。

“李部长，拍摄方案本来是不给演员看的，那是造型师的权限，几乎没有过明星要先看方案的先例。拍摄方案怎么会到郑诗莲手里呢？民俊前辈去见郑诗莲了吗？”

“不知道。反正她坚持说不拍了，我和经纪人正在劝她。如果这次拍摄泡汤了，电影宣传就赶不上了，我怎么办？”

“拍摄会如期进行的，请放心！”

“所以说，我觉得……”李部长犹犹豫豫地说，“最好换一下方案，怎么说呢？反正要换成漂亮的，穿的衣服要比全度妍穿过的更迷人，更性感。”

可怜的民俊前辈！翻遍了伦敦和香港才找到那些服装，还没空运到，计划就已化为泡影了。

“那是造型师的权限，我管不了，您不也知道嘛。”

“知道。”

“别担心！绝不会发生终止拍摄的事情。”

“我就靠你了，李记者！真的！”

此时，哪怕天上垂下来的是一根烂稻草，她也要抓住，试着爬上去。如果拍摄泡汤了，电影公司的理事肯定恨不得杀了她，主编也会恨不得杀了我。我得继续安抚李部长。

“您给《A》杂志社打过电话吗？”

我平心静气地问。情况似乎越来越明晰了。

“打过，您的手机一直关机，我以为您在开会。”

“谁接的？是我们部的韩在石接的吗？”

“不是，是次长。”

也是，除了整天待在办公室里的朴季者，在这个为了拍摄忙得焦头烂额的时候，还有谁留在办公室里呢？

“那您说明情况了吗？说了郑诗莲不拍这些事吗？”

“说了。”

“……”

“哎呀，不该说的呀！怎么办？因为次长打破砂锅问到底，我就说了，怎么办？是不是让您为难了？我把事情搞砸了吧？”

跟我这个负责人联系不上，又被郑诗莲吓掉了魂，李部长似乎有些精神失常了。

“我没问题，请放松点。”

“对不起，李记者！”

干吗说对不起？

我突然笑起来。朴季者听到听筒那端传来李部长绝望的呼喊，估计会合上我丢给她的采访提纲，画线、补充之类的事大概也不做了，她会不声不响但坚决地丢开这件事。

“季者前辈没说别的吗？”

“说李记者会处理好。”

朴季者原本就对替人收拾烂摊子没兴趣，她总是想做格调高的事。

“还说李记者负责的拍摄项目没有搞砸的。”

要说我这个人，恰恰是收拾烂摊子的能手！这可以说是天生的才能。

在说服人安慰人这方面，没人比我更厉害。如果说我们部的韩在石是“拉赞助和拍马屁大王”，我就是“说服女王”。现在的情况，首先得说服民俊前辈，必须改变方案，使郑诗莲回心转意。

重要的是，朴季者终于不掺和这次采访了。

我又劝慰了李部长几句，挂断了电话，然后从包里掏出辞职信，把那几页写着“辞职”和“再见”的纸撕碎，扔进了垃圾桶。或许我压根儿没打算把这封可笑的辞职信交上去。

一丝苦笑浮现在我的嘴角：当然，说我负责的拍摄项目从未搞砸，是朴季者的弥天大谎。

狡猾的魔女！

就算要死，也必须完成采访后再死。她居然通过这种方式传达这样的信息，果然非同凡响。

3

“你说遇到朴佑振了！那个相亲时甩了你的精神病？”

我和恩英很久未一起吃饭了。在法国餐厅里，恩英正把三明治里的三文鱼挑出来，听我提起朴佑振，不由得惊叫起来。

“那个说去卫生间的人，过了七年又出现了？他这泡尿全世界也找不出第二泡啊，应该记入吉尼斯世界纪录！坏东西！”

“哈哈，什么尿啊？”

“你还笑得出来？”恩英斜眼看了我一眼，“你该不会笑呵呵地跟他说再见吧？这么没风度的男人，既然碰上了，就该赏他一巴掌，亏你还能边说边笑！”

如果我告诉恩英，我决定在那个男人的厨房里干一个星期，恩英恐怕会吃惊得晕过去吧。相知多年的闺蜜之间就是这样，对讨厌的男人同样憎恶，对喜欢的男人同样狂热。从中学起就在一起厮混，不知不觉中，我们挑男人的眼光变得相似，讨厌的东西也变得相似，就像在一张床上睡了十年的夫妻。

“有个给餐馆做咨询的前辈，提了一个有趣的创意，拉我跟他一起开餐馆。前辈说，现在有所房子空着，主人去南美旅行，待一年就回来，因此，那个地方的租期限定为一年。这样，从开业那一刻到关门那一天，一直在倒计时：三百六十五，三百六十四，三百六十三……过一天少一天。人们看着越来越薄的倒计时日历，会不会心里焦急，赶着来吃呢？因为不马上去就可能去不成了。好玩吧？”

吃甜点时，恩英讲起新近负责宣传的餐馆的事。

“问题是空间太小了，所以我们考虑开家‘一桌餐馆’，反正就只能租一年，投入太多也不现实。我们打算把餐馆装修得像艺术家的工作室一样，让厨师可以随心所欲地发挥。总共只摆一张六人桌，让爱美食的顾客同桌进餐。考虑到冰箱、烤箱的摆放和使用，座位不能再加了。”

恩英从包里掏出餐厅设计的速写图给我看。

这是一个风和日丽的周日上午，华夫饼酥脆，搭配的酒渍樱桃味道也不错。这样的天气，最适合手边放一杯浓缩咖啡，时不时地啜上一口，抬头看看天上云卷云舒。放眼窗外，随处可见一对对恋人把早餐带到草地上，悠闲地享用。

“遇到朴佑振，你至于那么高兴吗？别笑了！”

“我笑是因为那个女人穿的衣服太好笑了，看她的鞋子！”

我用叉子指了指邻桌的女人。

“那种厚底鞋到底要流行到什么时候啊？又高又重，我可穿不了。那能叫皮鞋吗？简直是杀人武器。我跟你打一万块钱的赌，穿着那东西走路肯定要摔跤。”

“还打什么赌啊，韩智仙不就是因为穿那种鞋才打上石膏的嘛，从台阶上滚了下去。”

“真的？”

我点了点头。

“真让人说不出同情的话，多少人受过她的折磨啊，我们公司那些孩子也被她欺负得够戗。”

恩英撅着嘴，用叉子拨开华夫饼上的糖，挑草莓吃，我则把刚炸好的小山似的薯球连塞了两个到嘴里。要写修身牛仔裤体验记，我不知多久没吃这么油腻的东西了。

“我太喜欢反式脂肪了，真希望一辈子光吃这种东西。”

“这么吃下去，你可穿不上修身牛仔裤了！”

“没关系，我吃了赛尼可。”

“那东西没什么效果，你以为我没吃过吗？”

“还是减了点，一点五公斤。”

“真让人担心，等到写体验记的时候，你恐怕就该歇斯底里了。买丁字裤了吗？”

“干吗要买丁字裤？”

“你穿修身牛仔裤,连丁字裤都不买吗？穿别的内裤肯定会透出来的。我到‘维多利亚的秘密’给你买一条？”

“还是以后给我买一套结婚旅行穿的内衣吧。”

“结婚？你？跟朴佑振？”

“我结婚的事就那么可笑吗？”

“八字还没一撇呢，不说了。对了，金民俊情绪怎么样？被郑诗莲搞得必须换方案，他不生气吗？是不是恨得咬牙切齿？”

想到那件事我就发晕，但最终一切都解决了，朴季者不掺和这次采访，我被公认为有超强危机管理能力的后辈。

民俊前辈拿出新方案时说：

“任何时候都要同时考虑A和B两套方案，可能的话，连第三套方案都要准备好。这次还算是运气好的，我曾经在拍照前两个小时接到过停拍的通知。”

他没有暴跳如雷，而是把一切都当成预料之中的事处理。作为专业人士，他很沉着；作为一个人，他更优秀。我喜欢这个男人的理由又多了一条。

“我什么时候才能像民俊前辈那么专业啊。”

“那天不还说要辞职，大闹了一通吗？”

“那件事不许提了！”

我抬头看着恩英。

“怎么会不行呢？你一定要坚持，肯定能当上主编！”

“民俊前辈太有情有义了。”

我看着华夫饼上洒的糖粉出神。

“瑞贞！”

“……”

“李瑞贞！”恩英提高声音喊我，“那个人是你们部的韩在石吧？”

我回头看了看，是韩在石。

“在石很有钱吗？骑着宝马摩托车。”

“他连房子都是租的，那辆摩托车一定是吹牛说写报道骗来的赞助。他阿谀奉承是天才，所以外号叫拨浪鼓。”

“因为擅长阿谀奉承？”

“不是，是因为除了两个当啷当啷的睾丸之外一无所有。”

恩英对我的笑话完全没有反应。

“我们部没有哪个没被他搜刮过，你不会也借钱给他了吧？”

恩英瞥了我一眼，脸上表情复杂。

“精神病身边聚集的也是精神病啊！打着石膏坐摩托车，韩在石的女朋友是不是也疯了？”

在石身后坐着一个戴头盔的女人，令人吃惊的是，那个女人的腿上真的打着石膏，石膏上签满了名字，上面还有一条系成蝴蝶结的丝巾。丝巾看上去比春风更轻柔，风一吹，打好的结就松一点，随时都会像蝴蝶一样飞走，让我也不由得担起心来。摩托车发出轰鸣声，加速奔驰，丝巾在风中飞舞。

“那个女人八成疯了，那条丝巾可是香奈儿的啊！吹飞了怎么办？”

恩英看着我，着急地说。

“你知道吗？不久前我也在那个女人的石膏上签过名。”

石膏上系的是时尚部韩智仙的丝巾。

整个韩国，会在石膏上系香奈儿丝巾的人，只有韩智仙一个。

我的心脏咚咚跳着，敲响了复仇的战鼓，面前仿佛出现了四个像出了故障的霓虹灯般闪烁不停的字——

撞大运了！

人生订正栏

1

创世之初已有传言。一个传言生出另一个传言。

另一个传言又生出下一个传言，下一个传言生出奇怪的传言，奇怪的传言生出怪异的传言，怪异的传言生出稀奇古怪的传言，稀奇古怪的传言生出令人目瞪口呆的传言，令人目瞪口呆的传言生出令人捧腹大笑的传言，并传遍四方。

“听说韩在石和韩智仙同居了！”

从其他人嘴里听到两个人同居的消息，是我目击韩智仙和韩在石在一起的第三天。传言从我嘴里出去，再回到我耳朵里，不过两天时间。

我甚至没有直接说他们在谈恋爱，只是说了一个事实：他们在同一辆摩托车上紧贴在一起。但是，早上上班后，我哧的一声撕开包着传言的包裹，发现“坐在同一辆摩托车上”直接跳过“交往”，压缩为“同居”，快递到我的桌子上了。时尚界的大嘴巴们确实功力非凡。

“听说他们出现在乐天银泰百货，挑选订婚戒指？”

“事实完全不重要”是传言的第一法则。

“崔部长说亲眼看到他们手挽着手。”

“全世界都知道，韩在石是个穷光蛋。这到底是怎么回事？”

“听说智仙替他把债全还了。”

“疯了！”

所有人的嘴里同时发出一声叹息。

“两个人每天你争我斗的，谁能想到会暗生情愫呢！”

工作与休息没有界限，一天工作十五个小时，有时需要能放松精神的有趣时光。八卦为人们提供了喘口气的空间，就像年过三十后吃的垃圾食品一样，虽然明知有害，但是贪恋那份甜蜜。

休息室里的闲聊，一大杯卡布奇诺喝光了也不会结束。等这个传闻传到当事人的耳朵里时，或许会变成两个人已经生了三个孩子。在这里，传言总是像事实一样通行无阻，真实与否没有人关心，因为所谓传闻只是我们幸福的娱乐。

人生并不像报纸那样，存在“订正栏”。

韩在石和韩智仙没有交往。两天前的周末，韩智仙小姐在新沙洞安世医院前的十字路口偶然遇到韩在石先生，被他骑的宝马摩托车吸引，实在很想坐，于是一时失去理智，打着石膏坐到了摩托车上。韩在石和韩智仙是仇敌关系，特此更正。

又不能像上面那样澄清。

如果时尚界有“订正栏”之类的东西，奇怪的人物就不会这么多了：患了严重的整容瘾、每个季度都要把脸修整一番的造型师安德鲁·董，不断出现是同性恋或不是的传言的某品牌设计师M，因为跟有夫之妇私通被对方的丈夫发现而失去那个隐私部位的不幸摄影师K……传言从喜剧片到恐怖片无所不包。

还有必要多说吗？时尚界就是传言的王国。

如果传言也有排行榜的话，关于朴季者的传言毫无疑问是韩国第一。

朴季者不愧是一个惹是生非的能手，她身后总是拖着一长串传闻。

那些传闻，比她肩上背的那个叮叮当当挂着很多金属链的马克·雅可布大包要重几千倍。她惹哭过很多演员，尤其擅长让女演员费心涂抹的浓密睫毛膏变得一塌糊涂。她接连报道独家新闻，成功地从一个个演员紧闭的嘴里套出日常生活讯息，包括相关的传闻真实与否、性取向、人们关注的恋爱对象、琐碎但独特的睡眠习惯等等。她的采访报道深受读者欢迎，成为独具特色、经久不衰的畅销秘诀。

当然，演员们也并不是总被朴季者占上风。

一位一线女明星在接受她采访时夺门而出，最终闹到打官司的地步。因为这件事，朴季者再也采访不到那位明星所在公司旗下的演员了，我也仅仅因为是她的后辈，同样失去了采访那家公司演员的资格。另外，那是家相当有影响力的娱乐公司，对本杂志社的广告也产生了影响。听当时在拍摄现场的工作人员说，朴季者对那个演员说了这样一番话：

“你进入演艺界八年了，但人们对你的演技并不满意，认为没有什么突破。你越是想演好，看上去越假。某导演说，你在人物崩溃要哭了的时候，还要计较从哪个角度拍摄最美。对上述议论，你有什么要反驳的吗？”

残忍的问题一个接着一个：

“你在日常生活中是不是也时刻在表演？你想过没有，眼前这一刻你是不是也在表演？你的真面目是什么？”

朴季者提出的问题完全出乎那位明星的预料。关于那位明星的传言多如牛毛，据说她连饭都不自己吃；据说她怕显得腿短，连在自家客厅里也不肯赤脚；据说她光凭一张好脸蛋撑着；据说她每次拍摄都索要各种赞助……可是，这些怎么能当面问呢？但朴季者就能做出来，这正是她的过人之处，尽管她那么神经质，但后辈们都不得不佩服她这一点。

她不可模仿，不可想象，不可挑战！

那位明星瞬间怔住了，少顷，满怀悲愤和凄怆，把屋里所有人的脸逐一扫视了一遍。那种目光锐利得像刀子，带着历史剧中女主人公喝下毒药前那种“我决不会忘记你们”的悲壮。除了季者前辈，其他人在逼视下都不由自主地退缩到墙边。明星的双眼饱含泪水，泪终于夺眶而出，流过价值两百万的眼眶，淌过五百万的颧骨，一直淹到四百万的嘴唇上，“泪飞顿作倾盆雨”。

工作人员都这样说：

“那真是毫不做作、炉火纯青的演技啊！”

“比《人鬼情未了》里的黛米·摩尔美多了！”

悲剧并没有就此结束。

拍摄地点在某个饭店的套间里，见到那位女明星哭着跑出去的人不止一两个，恰值当时流行人人争做狗仔队，有人带着性能超越数码相机的高级手机，而把照片放到网上并不麻烦。

那位明星作为拍摄条件要求的饭店套间、晚餐、SPA都泡汤了，按摩服务和客房服务也不例外。赞助是好不容易才得到的，条件是以饭店套间为背景，拍摄报道的配套照片。这可是跟饭店宣传部电子邮件往来不断，外加通电话、发传真，最后带着杂志登门拜访，就拍摄内容交涉了一个小时才得到的。

这些当然不是朴季者做的，而是我！

关于季者前辈的传闻绝不止于此，她因为办事不力而打年轻记者耳光的事也很有名。那个女孩不肯忍气吞声，径直找到会长哭诉，事情似乎要越闹越大。但公司绝不会站在年轻的弱者一方，可能辞退为给管理者施加压力而哭哭啼啼的年轻人，却绝不会轻易开除其上司。“以下犯上”这一条只适用于公司以外。那个女孩后来坚持了不到一个月，就主动写辞职信离开了。

此后，朴季者越发盛气凌人，恶行也变本加厉：散布恶意的传闻，使一个有才能的后辈无法跳槽，被埋葬在杂志界；抓起三本相当于电话号码簿那么厚的杂志，一下扔到女后辈的脸上；把后辈们费尽心机联系到的采访据为己有……光从这些来看，朴季者就差不多是“撒旦最亲的侄女”了。

但是，使朴季者成为坏女人化身的决定性事件是“狗狗被害事件”。把狗狗被害说成事件，或许听起来很可笑，但实际情况却让人笑不起来。

我只见过季者前辈的丈夫一次，就是七年前相亲被朴佑振放鸽子那天。她的丈夫个子高高的，给人的印象温文尔雅，让人无法因为季者前辈而对他产生坏印象。但是，他们结婚六年就离婚了。

关于离婚的原因，众说纷纭：有说是因为季者前辈跟婆家关系不好而分手的；有说是因为季者前辈有外遇而抛弃了丈夫的；有说是因为她丈夫做的宠物犬生意倒闭，为躲避债主而移民了……然而，时尚界的大嘴巴们最感兴趣的还是“狗狗被害事件”。

“从十六层阳台上把狗狗扔到楼下，可能吗？”

“听说那只小狗是她丈夫最喜欢的宠物。”

“可怕！真可怕啊！当时孩子也在家吧，难道……是当着孩子的面扔下去的？”

“我不相信季者前辈生过孩子，说实话，她办公桌上连张孩子的照片都没有。每天加班，只顾工作，能有时间照顾孩子吗？就算有孩子，那孩子也太可怜了！”

很明显，季者前辈知道公司内关于她的各种传言，但完全不予理睬，置若罔闻。我认为她这一手更可怕，更吓人。倘若她哪天灵机一动，写出一本名曰《旁若无人妙招大全》之类的书来，跻身畅销书排行榜首绝非难事。

有趣的是，真有“取证材料”飞到杂志社来。

是一位音乐家的控诉书，说朴季者写的采访报道使他名誉受损，不仅遭受了精神伤害，而且遭受了经济损失。但是，律师办公室里飞来的取证材料被讹传，朴季者一下成了罪犯，成了把丈夫的宠物犬从十六层楼扔下去的怪物。

传言像富有生命力的生物一样不断进化。一旦有了传言，形象变形只是时间问题，而传言里的形象比实际形象更深入人心，这是传言的第二法则。

我转眼间变成了酒鬼，也是这个法则的结果。本来只是暂扣驾照一百天，但传言把我变成了为治疗酒瘾不得不请病假的、令人嗤之以鼻的可怜虫。

关于我的传言是从韩智仙开始的，我并非没有站出来说明真相，但传言总是抢先一步，害得我最终被主编喊去，被迫就前因后果写了一篇报告。次长也把我叫去，半真半假地让我去戒酒所，前前后后折腾了整整一年。

复仇，原本就不是恶人的专利。

精明的韩智仙恰恰忽略了这一点。

2

郑诗莲的时装大片明天上午八点开始拍摄。

民俊前辈说他明晨五点到工作室着手准备。要把堆得像小山一样的衣服全部挂到衣架上，把鞋子、手袋、小物品和饰品都摆放到该放的位置，两个小时很紧张。助手必须准确地标好顺序，以免昂贵的衣服失踪。

拍摄过程中，全体工作人员必须紧密合作，需要对拍摄有充分的理解，尤其是要不着痕迹地安抚郑诗莲。不然在拍摄过程中演员的状态出了问题，一切就搞砸了，这种先例不胜枚举。

三年前，一个接受采访的演员直到拍摄前一小时才醉醺醺地出现，让我惊讶万分。他满嘴酒气，只好先吃了一碗外卖送来的醒酒汤才开始拍摄。他的头发像狗毛一样支棱着，为了做出预想的发型，发型师急得掉泪了。准备好的方案没法实行，只好给他戴了一顶插着羽毛的可笑的帽子。

一个演员跟我们约好了穿艾迪·斯理曼的衣服，却没有按约定减肥，不得不匆忙改变拍摄方案。还有死也不肯脱下丝袜的B、拍脸部特写也坚决不肯摘下美瞳的J、尖叫着说绝不会穿露膝裙的K、干脆没有在拍摄地点现身的H……变数总是存在，令人瞠目结舌的事常常发生。

几年前，一个女演员因为通宵拍电视剧，坐在椅子上都能睡着，最终只拍了时装大片，没能接受采访。但令人惊讶的是，看到近似小说的荒诞报道后，她的经纪人居然打来电话说：

"我们家演员看到报道感动极了，说你们怎么那么了解她。"

这就是采访的神秘之处。

有一次，在仙游岛公园里给演员K拍照。摄影师好不容易才搞到一辆价值两亿韩元的摩托车作为道具，坚持要拍骑摩托车的K。造型师也准备好了搭配摩托车的机车夹克、裤子和头盔，说一定要拍那个系列的照片。这辆摩托车却成了问题所在。

"摩托车？绝对不能进来！"

公园管理员断然拒绝了我们的要求。仙游岛公园有规定，带轱辘的东西不能进去，溜冰滚轴不可以，自行车也不行。慢走，省察，冥想，这是仙游岛公园的理念。管理员对我说教了半个小时，又说，如果有带轱辘的东西在里面跑，就会严重打扰人们平静的散步。

"拍摄只需要十分钟，不，五分钟就够了，不会妨碍别人的。"

"绝对不行！带轱辘的都不行。"

管理员不断重复那句话。

"轱辘不行！轱辘不行！"

拍摄已经进行了五个小时，我疲倦得几乎把"轱辘不行"听成"蟑螂横行"。我请求，恳求，哀求，最后哭了起来。看着哭得眼睛红红的我，园长终于心软了，点头了，但有附加条件，说是不让“骑”摩托车，只能“推”。

这可不是自行车，而是摩托车。而且是超过两百公斤的摩托车。

“别担心！不就是摩托车嘛，我背起来跑都没问题。”

摄氏三十二度的仙游岛公园里，炎炎烈日下，推着价值几亿韩元的摩托车，我哭了吗？哪里的话！我根本没有心思为这种事感伤，因为无论发生什么，必须在太阳落山之前结束拍摄。那天在拍摄地点的不止我们杂志社的人，还有有线电视台记者和要采访韩国明星的日本NHK记者，我只能把一切委屈都吞到肚子里，疯了似的高喊着约束那一群记者。

别以为时尚杂志记者有多么了不起，似乎只需要在巴黎和纽约的时装秀之间飞来飞去，或者打扮入时地参加衣香鬓影的派对。其实，现场记者就像斗鸡或角斗士，不得不激烈地碰撞、斗争。有人看记者背着名牌包，化着本季最流行的妆容，就认为当记者有多么惬意。说实在的，我不推荐这个职业。

明说吧，这是恶人当道的世界。

“萱宁，你得参加准备工作，明天五点到工作室。”

为什么？凌晨五点难道不是体力劳动者神圣的休息时间吗？

“瑞贞，你七点来吧。”

“民俊前辈，我也早点来。”

“人多了反而乱。萱宁，来了以后把拍摄用的衣服、鞋子、饰品都按顺序整理好！”

时尚部助手萱宁答应着，脸上带着明朗的笑容。她为了当上正式编辑，已经在《A》杂志干了两年，其间从未正经拿过一次工资，也不知道自己到底什么时候能成为这里的正式职员，但脸上仍然时常挂着笑容。看到她，比读《八十八万元的一代》更让我真切地体会到现在初入社会的孩子们的悲哀。

我拍了拍萱宁的肩。

“萱宁，先走吧，回去好好休息一下。”

“我没关系。”

“什么没关系，你连着加了好几天班，体力透支太厉害了。明天拍摄结束后，我们去哪儿好好吃一顿，你想吃什么尽管点。”

萱宁对我报以微笑。她的嘴唇和脸颊都红红的，看到她就想起阿尔卑斯少女海蒂。但是，尽管笑得那么灿烂，她的黑眼圈依然透出无奈。这个孩子是在拼命坚持，为了在这个地方生存下去，使出浑身力气，让我看了都不忍。如果我有妹妹，会有这种心情吗？这个孩子经常扛着比身体还要庞大的衣服捆儿走来走去，胳膊和肩膀该多疼啊！我握住萱宁的手。

“韩在石应该和像你一样稳重的孩子谈恋爱，对不对？”

萱宁连连摆手，大笑起来。

她的样子，我觉得很美。

3

回家的路上，圣水大桥的灯光从远处漂过来。如果星星落到城市里，就会化作沿汉江漂游的数不清的建筑物和汽车的灯光吧？漆黑的夜晚，坐在汉江边的小丘上眺望，那灯光真像夜空中的星星一样晶莹明亮。

我走上没有车的圣水大桥。

这座大桥坍塌后，曾有几种最先进的重建方案，但给我印象最深的是一个美术评论家私底下讲的方案，他说，大桥坍塌的部分应用钢化玻璃施工，让在玻璃大桥上奔驰的汽车看上去像在空中飞，那样人们就会永远记住"圣水大桥的痛"，从建筑工程学的角度看，这也是可行的。

我时常在脑海中描绘用钢化玻璃建造的圣水大桥，梦里也常常看到那座透明的大桥反射着汉江的灯火。

在大桥上奔驰的轿车、载满学生的公交车，像鸟一样在空中飞翔，这样的情景仿佛宫崎骏的动画片，那里面就有孩子们在天空中飞翔的场景，是那样灿烂夺目。我常常闭上眼睛，数着在云海里快速飞行的十六路公交车和小轿车，但一睁开眼，一切瞬间消失，眼前只有桥上朦胧的路灯。从洒向桥下的灯光中，丝毫也看不出那时的悲剧，连一点痕迹也没有……

那时的事实，像一个谎言，这令我感到恐怖。

我是在圣水大桥附近的现代公寓长大的。

现代百货开业那天，我跟妈妈一起在商店地下的面包店买了盖着厚厚一层酥皮的菠萝包吃。麦当劳一号店开业那天，我带着悲壮的表情品尝了姐姐给我买的芝士汉堡。

是乐天利汉堡好吃，还是麦当劳汉堡好吃？

这虽然不是生死抉择的问题，但对十岁的我来说也是相当重要。

放学的路上，我跟朋友们一起买糖饼，陶醉在令舌面变红的那种焦糊的味道中，哼唱着歌曲。那时，不要说狎鸥亭洞的橘子族[1]，连世界上还有比橘子大的橙子都不知道——从那么年幼无知的时候起，我就住在那里。

有人说桃花杏花绽放的山村是故乡，但对我来说，建起现代百货商店、新开通的地铁经过的那个地方就是故乡。对我这样的孩子，金刚山的神秘美景不如樱花簇簇的公寓小区更能打动心弦。我的童年是在儿童乐园玩耍、在周围商家的台阶上蹦跳着度过的。

对于我，狎鸥亭洞并不像诗人柳河所说的，是“刮风的日子一定要去”的物欲横流之地。那里有我们的邻居，有心地善良的朋友，有再怎么小心翼翼地走路都会被唠叨太吵了的楼下一〇〇三号的老奶奶和她那个害羞的老光棍儿子……我听着城铁三号线当啷当啷的噪音在新沙洞百老汇剧场看过电影，去过“大提琴”、“夏加尔的下雪的村庄”之类名字富有诗意的咖啡馆，瞒着妈妈喝过加奶沫的摩卡咖啡……在那里，我度过了早熟的青春期，我的童年就密封在狎鸥亭洞里。

十三年前那天，因为讨厌早晨的自习，我在床上赖了好久才起，手里端着放了据说对身体好的怪味食醋的牛奶杯，站在放着鸡冠花花盆的阳台上，勉为其难地一点一点喝下去。就在那时，我目睹了终生难忘的一幕——

圣水大桥坍塌了。

公共汽车在我眼前下坠。

汽车瞬间随着桥板一起坠落。

好像发生了地震，房子在摇晃。我吓得浑身发抖，端着牛奶杯尖叫起来。我僵硬的身体无法移动，瞪圆的双眼也闭不上了。恰

---

① 橘子族，指韩国首都近年来出现的一些生活方式颇似雅皮士的年轻人。

在这时，一双大手伸过来，遮住了我的眼睛，那是爸爸的手。在客厅里看报纸的爸爸听到我的尖叫，赶过来跟我一起目睹了窗外可怕的情景。

黑暗。

暗转[1]。

但闭上眼睛后，想象中的情景比实际的更可怕、更恐怖。

我当场把牛奶都吐了出来，爸爸的灰色裤子上留下了白色呕吐物的痕迹，像盖了白蒙蒙的印章。我埋怨爸爸，因为他强行遮住了我的眼睛，当时看不见，只能想象，在想象中发生了更可怕的事。后来，一闭上眼，我就会看到那像撕开黑暗喷涌而出的、痛苦而可怕的情景，因此我一刻也不敢闭眼。就这样，我的世界的一个支柱跟着圣水大桥一起坍塌了。

家里最先消失的东西是播放新闻的电视机。

新闻绝迹了。

阳台上的鸡冠花枯死了。

家里的挂钟出故障，停了。

爸爸不回家了。

妈妈不进厨房了。

房门关得紧紧的。

从狭窄的门缝里流出来的，只有似乎一刻也不停息的呜咽。

看得见汉江的落地窗，很长时间都挂着厚厚的窗帘。

---

① 暗转，戏剧演至某一场或某一幕中间，台上灯光暂时熄灭，表示时间的中断或者地点的变动。

谁都不去拉那窗帘，也没人去掀开。

像窗帘紧闭的家一样，我心里也挂着厚厚的双层窗帘。

那似乎是什么光都无法透过的深色天鹅绒，我相信自己从中看到了本源性的黑暗，看到了并不想看到的生活的真面目，那是被谁强行撕开、暴露在我面前的。

那好似折断的大桥的模样。

窗帘稍微掀开一角，就能看见坍塌了的大桥。

我经常愣神，成绩下降，视力下降。

姐姐从医大休学了。

妈妈和爸爸果断地搬了家。

住了多年的房子怎会不留恋，但在一瞬间改变的气氛让人无法承受。搬到看不见圣水大桥的地方去，才能一点一点找回自己的生活。

新闻里关于圣水大桥的报道渐渐少了，几个月后就不见踪影了。

但是，我们的痛苦完全没有减少。

妈妈开始去附近的教堂，平日也有信徒到家里来，一起祈祷，一起拍手唱赞美诗。

“以上帝惊人的爱……”

灾难发生后，妈妈嘴边常挂着这句话。

是因为这句话吗？仿佛是神的祝福般的“忘却”，一点一点填补了生活的空白。

就像坍塌了的大桥重新建起来了，我们一度摇摇欲坠的家也逐渐稳定。

姐姐复学了，我上了大学。

一切似乎都回到了从前。

以新的施工方法建造的大桥至今还没有坍塌。

我的腿也没有断，依然穿着这么高的高跟鞋，劲头十足地咔嗒咔嗒走来走去，但说“万幸还活着”，未免厚颜无耻。

经过圣水大桥总令我想起很多过去的事，无论什么时候，这座桥都像生活的裁判一样向我亮出黄牌。如果不调高音乐的音量，我耳边就会响起一个声音：

“那种人们自以为牢靠的生活，自始至终就不存在！”

真正的忘却，是不把“忘却”挂在嘴边的人才会拥有的。

一九九四年十月二十一日上午七点四十分，圣水大桥坍塌，事故导致三十二人死亡，十七人受伤。

十三年前的此时，在圣水大桥上奔驰的车里坐着姐姐。

李瑞恩——比鸡冠花更娇艳的她，是我的亲姐姐。

我上了瑞恩姐上过的幼儿园，上了瑞恩姐上过的小学，用她用过的基础语法开始学习英语，用她解过的数学定式学习数学。她的笔记本和习题集整理得清清楚楚，一目了然，似乎原原本本地展现了她的“脑结构”，我能艰难地从妈妈那么鄙视的劣等生的地狱里爬出来正是得益于此。生在一个无情的学者家庭里，学习成绩不好绝对不被理解，因此我很长时间都感到孤独。

妈妈对我并不宽容。但我有两个可亲的姐姐——李瑞恩和李瑞英。

李瑞恩是李瑞英的双胞胎妹妹。我有两个长相和性格迥异的异卵双胞胎姐姐。

瑞恩姐有时天真得冒傻气，给公寓保安大叔送巧克力，她非要挑情人节而不是春节或中秋节，还说不年轻的大叔也需要爱。我爱这样的姐姐。姐姐说，她心里有很多爱，日后要做帮助人的工作。我一味地想和姐姐一样，希望有姐姐那样宽宽的额头、美丽的鬈发，甚至包括早早戴上的眼镜。我瞪着两只眼睛紧贴在电视机上看电视，正是为了这个目的。

面对我们不是三胞胎的事实，我总是受挫：两个姐姐是“姐姐们”，而我只是一个人。这对六岁的我来说，有时凄凉得简直难以承受。

但是，我喜欢两个姐姐，喜欢她们的心胸开阔和举重若轻，喜欢她们讲避孕知识时一脸真诚地把安全套像气球那样吹起来的滑稽。正是因为她们时常倾注在我身上的爱，我才能在令人窒息的英语单词、三角函数、微积分公式之间偶尔笑一笑。如果没有她们，我的青春期恐怕会孤单得无法承受。

这样的我，居然目睹了瑞恩姐的死亡！

在这突如其来的死亡面前，在可能是我、可能是瑞英姐、可能是我们所有人的死亡面前，我能说什么呢？

“想到她在冰冷的江水里泡了那么久，我简直要疯了。”

认领瑞恩姐遗体那天，瑞英姐第一次放声大哭。

“真应该让她学好游泳啊！不管她怎么反对，那时都应该坚持让她一起学。那样，她说不定能活下来……”

瑞英姐紧咬着干裂结痂的嘴唇的模样，我到现在也忘不了。因为太害怕那张脸，我甚至不敢正眼看她。我没说话，握着姐姐的手哭了。或许我的身体当时先知道了，在这个世界上，我同时失去了两个最亲近的人。

那时不只是大桥坍塌了，支撑瑞英姐灵魂的一根支柱也崩塌了。

姐姐向医院递了辞职信，突然说要去非洲的时候，我想，要来的终于来了。她的生活分明在什么地方出现了裂痕，无论投入多大的热情，也始终无法摆脱过去的阴影。随着时间的流逝，那裂痕越来越大，最终成为无法复原的缺口。

"怎么不跟我说一声呢？难道你想把我一个人留在这里吗？姐姐，别去！连你也要走，绝对不行！"

我哭着不依不饶。姐姐对我说，她一直笼罩在过去的阴影里，失去了继续存在的价值，为了重新开始，必须无条件地离开。最终谁也没能留住姐姐，我们都知道瑞恩姐对她来说有什么意义。

她们一起出生，一起成长，一起死亡。从出生之前起，她们就已灵魂相通，是彼此的灵魂伴侣。那种关系并不仅仅存在于男女之间。

瑞英姐离开那年，我十八岁……

我收回飘飞的思绪时，正经过圣水大桥。

为了证明自己活着而从悲剧中吸取力量，这体现了幸存者的卑怯，体现了在大桥坍塌、百货商店倒塌的首尔这个漏洞百出的城市里坚持着的人们的悲哀。

过去有什么用？

未来能告诉我们什么呢？

生活随时可能会崩溃，除了现在，人们能把握的还有什么？

联系演员如果不马上着手就遥遥无期，采访如果不马上进行就困难重重，约定随时都可以违背，拍摄可能被当场取消，版面可能因突然挤进来的广告而轻易消失……这些并不只限于杂志人。

因此，对我来说，“现在”总是最重要的。

我希望得到的东西要立刻得到，只有忠实于自己的欲望才是优秀的人生。用勤奋工作赚的钱买想要的东西，至于那东西是叫普拉达还是贴着香奈儿的标签，又有什么关系呢？这样做有什么不妥呢？想获得美好物品的欲望怎么会使未来崩溃呢？

那些企图助长对未来的恐惧、从而卖出保单的保险公司，我想尽情地嘲笑。我不会因为担心未来得癌症而买保险，那点保险就能预防癌症吗？倒不如用那笔钱多做一次体检。

像吃维生素一样抽烟，在烟雾中写关于人们的欲望的报道。我写的都是现在这个时间，不是过去，也不是未来。

为未来作准备？

这种心理好比在结婚时为离婚作准备。举行了盛大的婚礼却没有登记的那一对对的心理，不正是这样吗？

这是他们说的“有备无患”吗？

圣水大桥的灯光在闪烁。

我调大了收音机里流出的《Yesterday》的音量。

4

回到家，恩英打开门，表情相当严肃地看着我。我看了看咖啡桌，她显然又做了几杯浓缩咖啡喝。喝那么多咖啡，就算是大象也会失眠。

“公司里有什么事吗？干吗那样？”

我看着恩英问。她紧皱着眉头，接连叹气，明显有什么苦恼。

“你先换衣服吧。我去弄咖啡，有话对你说。”

我看了看恩英，回屋放下包。一天又过去了，时间都不知道怎么过的。虽然连抬胳膊的力气都没了，但我还是换了衣服，拿着矿泉水瓶子回到客厅里。恩英端正地坐在沙发上，手里拿着咖啡杯，正在出神地想什么。见我出来了，她把杯子放到桌上，直视着我的眼睛说：

“做好听我说话的准备了吗？”

“说吧！”

“你说过那个朴佑振……”

“……”

“是ABOUT的社长。”

“……”

“你果然不知道，是吧？”

我不知道该说什么，只好点了点头。

“大概是出过医疗事故。”

恩英讲了一个小时，总结成一句就是：朴佑振放弃了医生职业，改行当厨师了。

“不知道具体是什么事故，我动员了所有的线人，但没人知道。”

“就算是那样，可当过医生的人怎么会突然变成厨师呢？”

“确实奇怪。”

恩英也表示疑惑。

“是不是行医许可证被停了？”

“不会的。医疗诉讼中，几乎没有医生败诉的情况，况且，朴佑振待过的医院又不是私人诊所，他们肯定有法律组，应该也有法律顾问。”

“前后对不上。”

“只知道那个男人不当医生后去了意大利，上了厨师学校。当然，中间可能还有其他隐情。”

“……”

“他到底为什么想到当厨师呢？医生和厨师差别也太大了。”

对朴佑振这个人，我从一开始就没了解过。我是我，他是他，如果不是因为工作，我们不需要理解彼此，也不会有误会。

“他好像在纽约工作过，在四季酒店和沃夫冈·帕克旗下的餐厅里工作了三年，还在让·乔治法国餐厅待过，听说在业界小有名气。你知道东京花园凯悦酒店吧？听说他是拒绝了那里的邀请，回到首尔来的。”

“是吗？”

“嗯。还想ABOUT的甜点为什么那么美味呢，看来是有来头的，他在沃夫冈餐厅里工作过。你知不知道，上届奥斯卡颁奖典礼酒会上那些巧克力做的奥斯卡小金人甜点就出自那儿，但不知是不是他制作的。”

“了不起，崔恩英！你怎么能打听到这么多我不知道的消息呢？”

“了不起的是那个男人，在一个领域成功已经很难了，他居然在两个领域大获成功。当然了，你跟他有过节。”

“你不是也讨厌他嘛？”

恩英的脸色起了微妙的变化，一副欲言又止的样子。她嘟着嘴，紧盯着我的脸，似乎在留心我的反应。

“其实我见过他了，今天去了ABOUT，因为太想看看那个叫朴佑振的男人长什么样，就用了点手段，改了预约名单。”

“然后呢？”

“如果我是你，大概会愿意和他交往。”

“什么？”

“你镇静，好好听着！我喜欢那个男人。”

“崔恩英……”

“你现在不是被金民俊迷住了吗？别说不是，你喜欢金民俊，人人都知道。”

“那只是……”

“只要你说没关系，我就先跟那个男人交往一下看看。你也知道，我很容易拜倒在优秀的遗传基因面前。为了我的下一代，朴佑振这个男人是很有投资价值的，今天我发现了这一点。”

“男人是股票吗？说什么投资价值！”

“你见过我拿男人问题开玩笑吗？”

恩英一脸认真地看着我，我没办法再和她开玩笑了。

“如果你说不行，我就收心。你知道，世上我最讨厌的就是女人之间互相诋毁、竞争、明争暗斗。”

“你随便，那个人跟我又没什么关系。”

“你真的那么想？”

我点了点头。

“是真心话吗？”

“我什么时候骗过你！”

不知为什么，我感到生气。

“明天有郑诗莲的拍摄，我得进去睡了。各人的事自己看着办吧，OK？”

我进屋躺到床上。枕头上散发着薰衣草精油的味道，据说能让人睡个好觉。为了避免睡得太沉，我打算开着台灯睡，想了想还是关了，不过定了两个闹钟。

“你果然是我最好的朋友。”

客厅传来恩英的声音。我没有回答，闭上眼睛。恩英如果知道我要在朴佑振的餐厅里工作一个星期，会有什么反应呢？看着朋友好不容易遇到合意的男人而兴奋的样子，我不愿说让她扫兴的话。

我一夜辗转反侧，像在做梦，又像在读很久以前读了一半就折角放下的恋爱小说。如果这是一场电影，真希望能快进；如果这是一本书，我要想方设法跳过这一章。

对我来说，“朴佑振”这一章总是长得可怕。

我为什么这么久了还记得他呢？难道真的像妈妈和姨妈说的那样，我小时候喜欢过这个男人吗？难道我真的喊过那个傲慢之极的男人“佑振哥”，跟在他后面跑过吗？如果不是，怎么会……

夜色深沉，没有星星也没有月亮，能像吞下安眠药似的熟睡多好……

可还是睡不好。

5

一睁眼，七点了。

迟到了！

我匆忙出门，连妆都没有化，在等红灯的时候总算涂了点唇膏。想去掉倦意，就洗了个澡，此时头发向四面八方支棱着，苍白的脸上没有一点血色，嘴上胡乱涂着唇膏。如果主编见到我这个样子，恐怕会就时尚杂志编辑的着装问题说教一个小时。就算我再嘴硬，说像刚睡醒似的一头乱发和素面朝天是二〇〇七年的“法国风”，还是不得不承认，这样的确显得很邋遢。

我心里产生了不祥之感：

拍摄要出岔子！

上午七点四十分。

到达工作室的时候，郑诗莲顶着满脑袋发卷，正在化妆室里化妆。朴室长指间夹着大大小小各种化妆笔，用眼神跟我打了个招呼。摄影助手们正把换下来的背景布卷起来，有人在调整背景光，试拍样片。

电影公司宣传部的职员已经到了，好像是新人，恭恭敬敬地对我行了个礼。宣传部职员居然比责任记者到得更早！看她早上起这么早，真是未来电影公司社长的好材料。

“您要不要喝杯绿茶？”

工作室的职员问。我摇了摇头，不知道是因为紧张还是吃了一个星期的赛尼可，总觉得恶心。我没喝茶，而是在工作室里转悠，了解一下环境气氛。民俊前辈正在电脑前看方案，见到我连忙招了招手。

“前辈，对不起！昨晚我一开始睡不着，后来一下子起晚了……”

他打断我的话，拉起我的手走进服装间。里面挂满了衣服，像把整个商店都打劫来了。这么多衣服，就算开个服装店也足够了。助手萱宁正在里面拿着样式单整理配饰。

“萱宁，你出去把腰带和帽子分一下类好吗？”

萱宁点了点头出去了。前辈听到门关上的声音，才把目光转向我，显然发生了什么大事。

“郑诗莲状态不太好。”

我心里咯噔了一下。演员状态不好的话，拍照和采访都有乱套的可能。要是运气不好，恐怕问什么问题都只能得到类似“是”和“不是”之类一两个字的回答。不用说，最差的情况是采访到一半，演员走了。

“说是跟导演吵了一架。”

“不会吧！”

“就在昨天。”

“谁说的？”

我双手抱胸，留心观察窗外正在化妆的郑诗莲。她紧闭着嘴，似乎真的一句话都不打算说。化妆师开始给她的嘴唇涂上红色的唇膏，在我的眼里那就像红色的锁。该死！从业八年的记者本能在高喊：

“这次的采访完蛋了！”

“经纪人私下里提醒我要小心，说郑诗莲大概还没从电影角色里走出来。”

她在电影里扮演的是一个杀死了十三个男人的连环杀人犯，还把被害者的舌头割下来作为纪念品……拍完电影《异度空间》后自杀的张国荣、拍完《红字》后离世的李恩珠……几个自杀的演员的脸开始在我脑海里走马灯似的浮现。

“她的新片，你还没看过吧？”

电影没看，但这部片子的内容我很清楚。电影公司送的资料里有恐怖的剧照和详细的介绍，作为背景的假人尸体照片也就罢了，杀人场面的剧照尤为触目惊心，尤其是女主人公在杀人之前吐出的台词，是用血红色粗体字写的，我印象很深刻。

你的话太多了！

在电影里，她说完这句话，就刷地一下割掉一个男人的舌头。

我突然产生了一个可怕的想法：坐在沙发上向她抛去一箩筐问题的时候，她会不会用刀顶住我，然后对我说：

“你的话也太多了！”

天哪！

那么我就会魂飞魄散地喊：

“我是女人！您不是只杀男人吗？”

尽管没人问，但下一个场景自然而然浮现在我眼前。

郑诗莲笑得让人起鸡皮疙瘩，反问我：

“你是女人吗？头也不梳，脸也不洗，妆也不化，而且，你现在穿的不是男人尺码的衣服吗？你一定是男人！”

在采访之前居然想象这样的情景！

“你的表情怎么那样？”

“……”

“你可不能紧张啊！郑诗莲时隔五年才复出，人们对她期望很大，她也分外敏感。”

《托克》是郑诗莲的复出之作，也是电影界恶名远扬的洪哲顺导演的作品。记者看片会没有按照预定的时间举行，上映日期也是一拖再拖，业内传言它已错过夏季档期。肯定的人说“不愧是洪哲顺”，否定的人说“洪哲顺不就那一套嘛”，两种观点互不相让，使这部影片成为今年最受关注的热门话题。

“说让我们尽快完成，采访也要在三十分钟内做完。”

“三十分钟？”

我感觉气不打一处来。

“经纪人在哪儿？”

“去给郑诗莲买咖啡和贝果了。”

“不是逃跑了吧？明明约好采访一个小时的！”

“约定本来不就是为了打破的吗？”

民俊前辈苦笑。

“合同也是为了违反的？”

这种时候只能说冷笑话了。

“李美静部长还没来吗？”

“来过电话，说在路上。”

“知道了。请一定把造型做好，让郑诗莲挑不出刺儿来。”

民俊前辈拍了拍我的肩。看到衣架上挂得满满当当、整整齐齐的华衣美服，我总算得到一点安慰。

“不管怎么样，前辈……”我抬头看着他，“就算再喜欢我，也……”

“什么？”

“放开我的手好吗？抓得太紧了，疼！”

他放开我的手，笑着拍了拍我的肩。

“把片子拍好！把采访做得更好！会顺利的。”

民俊前辈拿起别着几十个别针的包，走出了服装间。

我的手像被那些别针刺到了，麻酥酥的。

《A》杂志的主编在我出去采访演员前，总是这么说：

"瑞贞啊，我们真的好好拍一次吧！"

她从没说过让我好好采访的话，连开玩笑时也没说过。她总是关心好照片。如果不是季者前辈把关，对记者的文章进行不留情面的品头论足，《A》杂志的报道水平恐怕会糟糕得谁见了都摇头。

据传，主编当时尚编辑的时候，不仅造型厉害，写报道的能力也非同凡响，名声远扬。但是，曾经的传说只是传说，不是经过确认的事实，现在的主编连写电子邮件也同写手机短信一个风格。对她来说，整个世界只分为两类：

能拍得漂亮的东西和平凡的东西！

对于讨厌平凡胜过讨厌死亡的女人，平凡总是意味着最坏。

我所在的专题部，职责就是写出有内容有创意的稿子，而身为记者，我的愿望也是写出世界上最有趣的采访报道，而不是把郑诗莲的脸拍得漂漂亮亮的。刚才时尚部的金民俊在离开前说让我把采访做好，甚至说要比拍的照片更好。

我抬头看着高高的天花板，放松疲惫的颈椎。此时不详之感极度膨胀，弥漫在工作室的地板上。但我决心至少要把采访做好，便像念咒语一样嘀咕。

因为祈祷的人会有福。

罪与罚

1

李美静部长最终没能来工作室。

这一天站到不幸的顶点的，不是因为采访问题紧张得头发都竖起来的我，也不是跟导演大吵了一架的郑诗莲，更不是担心郑诗莲而坐立不安的经纪人，而是正往工作室赶的李美静部长——她在路上出了车祸。

李部长出车祸的事是否要告诉郑诗莲？我掂量来掂量去，还是决定跟她说实话，因为她一直在找李部长。

“医院？”

尽管郑诗莲喜怒不形于色，但看得出她愣了一下。

“伤得严重吗？”

我看了看经纪人，不知道该由我说还是等他说。经纪人不声不响地站在那里，一言不发。

“不会是死了吧？”

我犹豫的工夫，郑诗莲像是猜到了什么，脸色平静地低下头，看着自己脚下，刹那间，一滴泪水吧嗒一声落在地板上。我突然想到，这或许就是天才女演员具有的敏感性吧，同时感到吃惊——她在日常生活中而不是在演戏时，可以这样恰到好处地控制感情。我无法坐视不理了。

“伤得不严重。李部长说车毁了一半，但幸运的是人没大碍，只是下巴磕破了，要缝几针，恐怕得晚点来。”

郑诗莲抬头看着我，刚才的情绪变化似乎荡然无存了。她平静地说：

“请告诉她，没必要来了。”

“李部长坚持要来，她真的很担心您。”

这次是经纪人开口了。

“叫她别管别人，先管好自己吧！”

虽然郑诗莲看上去很冷静，但听得出她内心的复杂，我不由得担心。

“李部长来的话，我就不接受采访！”

郑诗莲抛出一句惊人之语，又转头打量起镜子中自己的面孔。她看上去很沉静，像在跟镜中人对话，又像在发呆，她的表情很难用语言形容。

看到郑诗莲瞬息万变的样子，我感觉越来越没力气。

完了。

完了！

心脏的方向闪起了警示灯。为了这个采访，我费尽心血，差点因为季者前辈想抢走而辞职，现在却即将以这种方式搞砸。谁能预见郑诗莲在拍摄的前一天会跟导演吵架呢？谁能猜到负责电影宣传的部长会突然出车祸呢？不知道是早上吃的赛尼可作怪，还是因为体质难以接受中药，抑或是压力造成的胃功能障碍，我一直感觉肚子隐隐作疼，于是拿了个纸杯，接了杯温水喝。

但是，情况像郑诗莲的电影《托克》的结尾一样，发生了惊人的逆转。

观众以为死了的汤姆还活着，以为是杀人犯的杰克却是特殊调查队出身的刑警，郑诗莲不愧为演恐怖片的高手，高明地展示出逆转的高潮！

“我们先做采访吧！拍完照片怕就没劲了，马上开始，行吧？”

她朝我微笑，像是已经把忧郁的影子全扔进了镜子。

这就是明星展示给我这种平凡人的真正的魔术。

2

我们举杯庆祝。

采访很完美，拍摄很顺利，整个过程很愉快。我在手指大的MP3里录下了三个小时的内容，采集了以不接受采访闻名的明星郑诗莲的声音，这如同采访了用声音换来了笔直双腿的人鱼公主。

我真的很喜欢寻找回来的人鱼公主的声音，尤其是当那美丽的声音告白自己充满悔恨的人生时。当然，民俊前辈更满意的是人鱼公主无论穿什么样的裙子都很完美的光滑双腿。

“辛苦了一个月了，得喝一杯吧？”

工作人员一起吃晚饭时，民俊前辈提议。

“加上联系的时间，我可是花了整整一年哪！光是打的接的电话恐怕也有几千个了。”

我想起为联系郑诗莲而多次去片场探班、写邮件、打电话的情景，还有经纪人和洪哲顺导演给我起的那个世界上最差劲的外号——跟踪狂李。这次尤为艰难的采访终于结束了，的确该享受一下悠闲的气氛。

“简单收拾一下，去ABOUT怎么样？好歹喝杯香槟。”

“我有个活动要参加，八点就得到W饭店。要是这次再不去，主编一定饶不了我，上次我就说忙没去。”

“是吗？”

“刚才那边负责宣传的还给我打电话呢，叫我一定要去。”

重要广告商的晚宴或庆祝活动是不能缺席的，那俨然是工作的延续。像今天这样的日子，最想躺在充满泡泡的浴缸里吃冰激凌，什么也不想，看电视剧看个够，但那都是奢望。

“那我陪你去？”民俊前辈看着我，“我简单安排一下，跟你一起行动，可以吧？”

“我呀，当然好了，可是因为我……”

“你为这次拍摄吃了不少苦，丢下你不管太不讲义气了。”

我看着他，这个男人在炽热的摄影灯下工作了十几个小时，却还是那么神采奕奕。这里满是灰尘和烟雾，他却能保持裤腿笔挺，头发一丝不乱。

“你先出去透透气，工作室在地下，待久了会头疼。”

我的心怦怦直跳，脸一直红到脖子根，脚底麻酥酥的。这个男人是如此体贴，欣然表示要陪我去参加本不愿去的活动，让人恨不得立刻给他一个吻。我去了卫生间，突然真的很想刷牙。

我去参加的香槟促销活动中，那个任何派对都不错过的安德鲁·董也在。

安德鲁·董。

这个在纽约工作的造型师，人称“铁公鸡”，因为日进斗金却从不请人吃饭而得了这个绰号，只有他本人不知道。

他还有一个外号——“阿修罗伯爵”，因为他随时都会整容，隔几年不见的话，没人能认出他来。把前面的头发全拔掉、加宽额头、把乳头的位置提高或降低一点，诸如此类对他来说都不算手术。据传，他每次做整容手术前都要自拍留念，赶潮流的整容大夫千方百计想弄到那些照片，因为安德鲁·董的整容经历直接反映了好莱坞最新的整容趋势。

安德鲁·董一见到我就笑着走过来。此时连通道都挤满了人，我避无可避。民俊前辈正在跟《MODE》的崔次长谈什么，任我怎么招手也看不见。一旦被安德鲁·董的雷达扫描到了，那天就甭想离开，一直得待在他身边，因为他的话一刻也停不下。

诸如说在纽约遇到了吉赛尔·邦辰，给她做了造型（假话的可能性有百分之三十）；说正准备给超模莉丽·科尔拍时装大片，问《A》杂志是否有兴趣（骗人的可能性有百分之六十）；说马上就能为我联系采访因参演美剧《实习医生格蕾》而一炮走红的吴珊卓（空头支票的可能性百分之九十）；说自己最近跟一个帅哥（不是女人！）在交往，他们一起被邀参加汤姆·克鲁斯的婚礼等等。他总是满嘴跑火车。

“哎呀，这是谁啊？几百年不见了，我亲爱的亲爱的，哎呀想死我了，亲爱的瑞贞！”

别误会。

我绝对不是安德鲁·董的“亲爱的亲爱的”。被他称为“亲爱的”的女人大概有上千名，被他“哎呀想死了”的女人大概有上万名。

这就是安德鲁·董，花言巧语方面的莱奥纳多·达·芬奇。

他一把抱住我，热乎乎黏糊糊的嘴唇立刻贴上了我的脸，让我感觉好像整张脸都贴在刚吃完草料的牛嘴上似的。我身边为什么充斥着这样的同性恋，一见我就像奶奶见到了十年未见的亲孙女。

其实，在全球时尚界，同性恋艺术家一向被公认为具有天才性和独创性。时尚界的这种认识也影响到了圈外人，美剧《同志亦凡人》和《酷男的异想世界》中出现的同性恋，都精通自我修饰，且很坦率，是天生的艺术家类型。

安德鲁·董是同性恋。他有惊人的时尚触觉，取得了事业的成功，创立了自己的品牌。在纽约，虽然表面上没有种族歧视，但那确实存在。作为身高一米六的亚裔艺术家，安德鲁·董能生存下来，并不断发表作品，他那些风流韵事和奇言怪行大概也功不可没，那是出于一种危机感和生存本能——如果哪一分哪一秒没突出自己的存在，立刻就会被淘汰。

“你越来越漂亮了，真的！我们瑞贞最近也打针吗？打什么针了？肉毒杆菌？瑞蓝玻尿酸？”

这个不可救药的整容癖！

“感觉有点怪怪的，你谈恋爱了吧？”

同性恋的直觉尤其敏锐，说谎是骗不过他们的。大概是因为长期遭遇偏见和压迫，他们不得不调动全身的神经，从而培养出独有的感觉器官，锻炼出更老练和敏锐的触觉吧。

“那件事你听说了吗？”

我迅速把他的注意力转移到其他事情上。

“什么？”端着香槟酒杯的安德鲁·董眼睛里闪着光，“什么啊？快说！好奇好奇太好奇了！”

“韩在石的事。”

“啊，那个嘛……”

“……”

“听说他们一起过日子了。”

看来几天时间，“同居”换成了“过日子”这个更生活化的词了。

“还有，听说智仙都去过妇产科了。”

“什么？”

“我们瑞贞还不知道啊！你认识胖墩皇甫兄吧？他说亲眼看到的。智仙太可怜了，听说替在石把欠的债全还了，是真的吗？”

我感觉手里的香槟酒杯直冒冷气。

“在石太过分了吧？老婆去医院就该陪着去才是。真没想到他是那样的人，真是太不像话了！”

我一口喝掉了杯里的香槟，负罪感像香槟泡沫一样顺着胃的内壁噼噼啪啪地爆裂着爬上来。虽然我没对任何人说过“他们在交往”或“过日子”之类的话，但比谁都清楚传言的属性，有意说出那些话时，我已经预料到了这样的后果。

“安德鲁，据我所知，不是那么回事，其实在石和智仙那天……”

“这又是谁啊！”

是民俊前辈。

“这不是我在这个地球上最爱的民俊·金吗！”

“您好！”民俊前辈把手里的鸡尾酒杯递给安德鲁·董，说，“我要把瑞贞借走一会儿。”

“干吗？这不是夺人所爱嘛。”

“我给她介绍个人，就一会儿。”

他自然而然地握住了我的手。

我们没有回宴会厅。

他和我去酒吧喝酒，喝到很晚。

如果说男人和女人边喝酒边谈的话中也有黄金比例，我们可以说是达到了——伴随着肌肤相触的种种玩笑、让人心慌意乱的一点真言、恰到好处的酒精，以及杰米罗奎尔乐团那充满激情的funky 音乐。

“光喝酒会胃疼，吃点奶酪吧。”

一整瓶单一纯麦威士忌似乎都进了我的喉咙，奶酪和黑橄榄也吃了太多。但此时此刻，我不愿意去想减肥的事，至少在今晚，我要把修身牛仔裤之类的抛到脑后，爱谁谁，不管了！

后来我们换到了有单间的地方。房间里摆着几个红色丝绒靠垫，装饰得让人仿佛置身《一千零一夜》里的阿拉伯宫殿。我松开缠在脚腕上的鞋带。跟金民俊在一起感觉很放松，就算头发乱蓬蓬的也全然不必理会。

金民俊和李瑞贞。

共事五年，截稿前夕熬了五个通宵时看过无数次对方憔悴的面孔，凌晨两点在卫生间里开着窗户偷偷抽烟时曾碰到一起，凌晨三点哭得脸肿肿的从卫生间里出来也曾擦肩而过……虽然并非出于本愿，但我们看过对方最狼狈的样子，有着温暖的同事之情。

同事之情转换为男女相悦之情，是一瞬间的事。很简单，只要把名叫“同事”的茧子用指甲刀之类的东西剪破就行了。

“明天我们休假吧。”他说。

“休假？一起？”

“当然，李瑞贞和金民俊有权享受这个世界上所有的休假。”

他看着我，眼神迷蒙，伸出手温柔地抚摸我的脸。酒劲上来了，我感觉全身软绵绵的，跟他之间紧紧绷了五年的关系在松弛。他慢慢托起我的下巴，双眼紧盯着我的眼，像是摇身变成了占星术士，可以从我瞳孔的纹路读出前世今生。他的气息喷在我脸上，痒痒的，他的唇温柔地落在我的脖子和嘴唇上。

鼻端萦绕着宝格丽香水和薄荷烟的味道，唇齿间弥漫着纯麦威士忌甜丝丝的余韵。他把手指插进我的头发，我们身体紧贴在一起。我听见自己的心在剧烈地怦怦乱跳，那声音像电波一样，一直传到脚趾尖。突然，肚子隐隐疼起来。

等一下！今天我穿的是哪件胸衣？哪条内裤？

我回想早上匆忙抓起衣服穿上的情景，记起身上穿的是虽不性感但大方得体的白色内衣，而且不是分开的，是上下一套的！

幸好没有穿镶满蕾丝的黑色贴身塑型衣，也没有穿带花边的圆点内裤或画着小熊维尼的卡通内裤，前者仿佛在舔着嘴唇说“今天我要吃了你”，后者则仿佛公开宣称“我是处女”。身上这套内衣表明我是个健康的成年女性，是可以跟男人谈恋爱的荷尔蒙的签名。那么，今天是不是排卵期呢？

或许是因为紧张，肚子一直疼。

我看着他。他柔软的头发被我揉乱了，看上去十分性感。他细长的手指抚摸我的胸部，经过乳沟一直向下，抵达肚脐。我还没来得及想“希望别摸肚子”，他的手已经滑到了裙子拉链处，另一只手在胸衣的带子上游荡。这个男人经手的女装不计其数，那么灵敏的手，不必解开上衣扣子就能让胸衣掉在地上。

“前辈，等一下！”

拉链已经拉开了三分之二，他的手正准备寻找我的内裤，如果不马上停下，恐怕就要发生什么事了。完全没有准备！我握住他的手，感到冷汗直冒，疼痛似乎从脚底升起，全身起了鸡皮疙瘩。

“没关系的。”

汗顺着脊背流下，我实在忍不住了。

“对不起……对不起！”

我用尽全力把他推开，屏住呼吸低下头。可怕的事情发生了：咕噜作响的肚子里冒出一股气，而且是跟油一起出来的！

这是赛尼可最严重的恶作剧。

或许遇到安德鲁·董是不幸的开始。

我坐在卫生间的马桶上，一边抽烟一边思索。

这一整天吃的东西只有奶酪和橄榄，怎么会发生这样的事呢？奶酪和橄榄里有那么多油脂吗？

然后我醒悟了——橄榄要不是有那么多油脂，怎么能榨出橄榄油啊！

内裤没法再穿了，这副样子也不可能回到房间去。最糟糕的是，如果做爱时因为赛尼可又放屁了怎么办？光是想想就恶心。

我用手纸把内裤卷了卷，扔进垃圾桶里，摁下冲水按钮，哗啦啦响起冲水声。我把抽了一半的烟扔进马桶，呆呆地看着浮在水面上的烟。

恩英总说：

“香烟这东西就像你的第六根手指。你手里总是夹着烟，看来你绝对戒不了烟。”

我又冲了一次水，看到香烟画着圆圈被吸进了马桶的深处。

真的像是把我的第六根手指截断了，彻骨地疼。

希望哗啦啦的水声能把我的眼泪带走，但最终我还是坐在马桶盖上哭了起来。

肚子里依然叽里咕噜的，像石块在滚动。

那个过于亲切的男人在卫生间门口把我的包递过来时，我恨不得打开窗户，直接降落到大楼底层。他该不会听到了我放屁的声音吧？音乐声那么大，不会听到的。但是……两个人贴得那么近，真的没有感觉到吗？要是闻到臭味了可怎么办？我肚子里的鼓声、锣声、石头滚动声，他一定听到了吧？肚子里热闹得像乱打演出，他能听不到吗？

似乎全身都散发着油腻的味道，我恨不得立刻跑回家冲个澡。此刻，我讨厌自己是个女人，更讨厌金民俊是个男人。此时金民俊站在我面前，比任何时候都更像个男人而不是前辈，我恨不得痛哭一场。

尽管我已经把闸门紧紧关上了，但还是有一两滴眼泪流出来。他递给我一张纸巾。

“我送你回家。”

“不用，我自己走。”

"那也先出去吹吹风吧。"

无论如何得先到饭店外面去。如果有风，身上的味道也能消散些。可是，风会不会反而把味道扩散到四方呢？简直要疯了。我紧紧咬着牙，这样走下去恐怕很快就会失去重心晕倒。

他把我带到电梯前，等电梯时一直扶着我这个吱吱冒油的女人，还在我额头上印了一个吻。"明天不上班也没关系，我跟主编说说。你休息吧。听到了吗？"

我居然在这么体贴的男人面前犯了那样的错误！就因为那一枚减肥药丸！因为懒得运动，想用几粒药丸减肥，这样的投机取巧把一切都搞砸了。

但是，等电梯到了，门一打开，更可怕的事情发生了。

我突然产生了这样的想法：是不是韩智仙知道关于他们的传言是我说出去的，因此整天坐在教堂里祈祷。

"天父啊，请让邪恶的李瑞贞遭受天谴吧！"

于是，"韩智仙牌惊雷"乘着电梯降临到我头顶上。

清脆的信号音响过，慢慢地，电梯门开了。

靠在金民俊身上哭得眼影全花了的我，面前出现了一个男人。

朴佑振。

"不上吗？"他问。

毫无疑问，我是遭到天谴了。

我不是那个意思！

1

51公斤。

我屏住呼吸，又低头看了看体重秤的指针。

50.9公斤。

51公斤。

50.9公斤？

50.8……公斤。

我走下体重秤，把憋着的气呼出去，感觉头昏昏沉沉，胃里一阵阵恶心。昨晚不知道怎么过的，一连串的不幸居然创造了奇迹——体重减轻了三公斤。

大概昨天流的眼泪有三公斤。

镜子里的我，脸部浮肿，没精打采，正往腿上套修身牛仔裤。臀部还是紧得受不了，但原先连小腿都难以通过的裤子，现在一下就提到了大腿。反正扁桃体发炎了，甭说吃饭，连喝口水都困难。我决定把体重锐减当成一大早飞来的好兆头。

到了公司，民俊前辈会若无其事地跟我搭话；主编看到郑诗莲的照片，一定会高兴；韩在石和韩智仙也依然假装不知道关于他们的传言，在办公室里游来荡去，当然，韩在石依然会跟我借钱，（五千万！）韩智仙依然会眼睛看着天、阴阳怪气。（那衣服什么地方买的？真显胖！）但没关系，因为这一切就是我的日常生活。

我决定相信自己的生活将回归正常。朴佑振不会给我打电话，他因为餐厅的事忙得四脚朝天，会把采访的事抛到脑后。如果所有的事都能像这样结束，我就别无所求了。

可是，我打开手机一看，上面显示着ABOUT餐厅的电话号码。而且未接电话不止一个，是四个！

该死！

“郑诗莲的样片出来了。我迫不及待想看，催着崔室长凌晨印出来的，还热乎着哪，打开来看看。”

主编把盛着照片的盒子放在会议室桌子正中央，季者前辈第一个打开盒子看起来。光看主编的表情，就能猜出她为什么那么想让大家看照片。

“崔室长这次拍得不错啊！主编，看来下次请他拍封面也行。”

“是吗？”

季者前辈点了点头。

“这些照片比这期的封面还要好。色调很美，很生动，尤其是皮肤色调的表现堪称艺术。姿势摆得也很有型。”

“对，这才是艺术！”主编提高声音说，“我们的金民俊果然不同凡响！就算让卡尔·拉格菲尔德来设计造型，也不过如此！”

主编极口称赞民俊前辈，前辈却显得心不在焉，目光总停在我身上。我的心一个劲儿往下沉。

“采访报道是瑞贞写的，当然也是世上一流的。是不是，李瑞贞记者？”主编亲切地喊我，“瑞贞啊，你有没有什么要跟我说的？关于我一直问你的那件事。”

主编郑重其事地把照片一张一张地放回盒子里，小心翼翼地盖上盒盖，然后托着下巴看我。

“已经换季了，你该讲讲有什么进展了吧？”

“进展？”

“Doctor Restaurant！”

主编一字一顿地强调。

“创刊纪念特辑报道！季者，你身为次长，连这种事都不盯着吗？我跟你说过这篇报道的重要性吧？”

“瑞贞一向办事牢靠，我就没紧盯着，等她找我汇报呢。”季者前辈迅速瞪了我一眼，接着说，“这个月的‘一桌餐馆’报道值得期待，有个新开的餐馆叫ABOUT，瑞贞决定采访那里。”

“只是一个餐馆？我不是叫你们采访Doctor Restaurant吗？”

“那家餐馆据说从不做任何宣传，但最近连当红明星也排着队要去吃。从八月份开始，他们就不接受任何预约了。老板很特别，值得在我们的杂志上介绍。那里是目前最红火的餐厅，您不会失望的。”

“负责餐厅的记者怎么认为？”

该死，又是跟朴佑振有关的事！

“你怎么不回答？”

对面，季者前辈向我投来惊讶的目光。我这样魂不守舍，肯定什么事都干不成。我转头看着主编。

“根据我的信息，Doctor Restaurant大概是法国蓝带烹饪艺术学院毕业的。”

“我也听过这个说法。”

“韩国蓝带分校应该有毕业生名单吧，听说有留学生聚会。”

“我跟他们的宣传负责人很熟，我去打听一下。”

“光是今天，我收到的读者来信就有十二封，全都是关于Doctor Restaurant的。你有什么感觉？”

“我马上去办。”

“Doctor Restaurant专栏一直归你负责，现在要结束了，也得画个圆满的句号嘛！而且是创刊纪念特辑，必须加倍用心！”

两个任务，一个是雪上加霜，一个是大海捞针。而我一直处于失魂落魄的状态中。

“你又把回答吞到肚子里去了！”

季者前辈横了我一眼。

“对不起，主编！”

我低下头。

民俊前辈沉郁的表情一直让我挂心。

2

会议结束后，我整个下午都在找民俊前辈。

不停地看他的座位，低头看手机有没有短信，邮件也查了一遍又一遍。是不是为了避开我故意出去的？是不是昨晚发生的事他全知道了，对我抱有的一丝好感也烟消云散了？

不知道是咖啡喝多了还是没睡好，总觉得恶心，我得刷个牙。

“你有牙膏吗？”

从休息室出来，碰到了美容部的柳慧善。慧善是美容部最年轻的小妹妹，对谁都恭恭敬敬的，被称为“亲切的慧善小姐”，这在“撒旦”、“拨浪鼓”、“韩尚宫”等或幼稚或变态的绰号满天飞的办公室里，可谓少见的天使牌昵称。

“我有美白牙膏，前辈需要的话留着用吧。”

看来亲切的慧善小姐打算把整管牙膏都送给我。

“不必了，我用完了还给你。”

“就在我桌子上。”

“谢谢。你也加班吗？”

慧善点了点头。

“这次截稿前大概回不了家，连内衣都带来了。”

资历越浅，工作越辛苦。新人没什么技巧，而且主编或次长动不动就大喊大叫，像立刻要割断人的喉咙似的。艺术部的人一见面就催着交稿，让人恨不得跳到大楼窗外。就算是经历过几次截稿，依然不会有什么改变。截稿就像失恋，总也无法驾轻就熟，每次都让人痛苦得要死要活。

我到慧善的座位上找到了管状的牙膏。她的桌子堪与垃圾场媲美。光听“美容部”，会以为那是个整洁美丽的地方，但实际跟挂着“挥泪甩卖”条幅的化妆品小店差不多，我在慧善桌子上找牙膏，就像在遍地的杂草里找四叶草，费了很大劲才找到。

办公室里弥漫着一股比萨味，一定是有人叫外卖了，今天晚上大概就在会议室里吃比萨饼了。食物的味道让我恶心，可能是因为头疼。

我拿着牙膏回到自己的位子，拿出牙刷。桌子上堆着尚未处理的付款通知书。

“前辈，您还给宣明会捐款啊？给非洲的贫困儿童？”韩在石塞了一嘴比萨饼，见我正在看付款通知书，凑上来说，“还有‘许个愿’基金会？这是不是满足孩子愿望的团体？瞧你写了几次相关的报道，唉，一个不漏都参加了，没你李瑞贞不掺和的！”

“安静点行不行？本来就头疼得要命。”

“你还是先满足一下我的愿望吧！像我这么贫穷可怜的人，地球上哪儿还有？我才是真正的难民啊，给我捐点钱吧。”

我拿牙刷敲了一下在石的头。

“你也该懂点事啦。”

“你不知道‘懂事了就该死了’的说法吗？自己也不懂事，还让我懂事。”

我如遭雷击地看着在石。

说得对——自己的事都没搞好，还到处捐款。

因为定期捐赠的款项，我甚至向妈妈借过钱。

说我头脑中大概掉了一千个螺丝了的话，我已经听得耳朵都磨出茧子了。但没办法，看到饿得皮包骨头的非洲孩子，我会心碎；而见到新出的莫罗·伯拉尼克鞋子，我会想拥有而无法入睡。

这个也要做，那个也要做，两边都不能丢。对我来说，两方面的欲望都很重要。

因此，别人玩的时候我眼里冒着火工作，赚到钱就投入地购物，就像电影迷收集希区柯克的少见的DVD、爱书人挖掘企鹅出版社的绝版书一样狂热。

我拿着牙刷去了卫生间，拧开水龙头，看了看镜子，眼睛周围一圈乌青。这次的截稿期才刚开始，但我似乎已不堪重负了。在卫生间里放虎尾兰之类的健康植物又有什么用呢？写健康报道干什么呢？我叹了口气，挤了一长条牙膏在牙刷上，把牙刷放进嘴里。

突然，我哇哇地干呕起来，接水漱了口，但还是觉得恶心。

“你不吃比萨吗？有你喜欢的奶酪加量的比萨。”

是韩智仙。

我又低头吐了一会儿，才抬头看了看韩智仙。她手里也拿着牙膏和牙刷。

“干吗呢？怎么了？”

韩智仙手里拿着牙刷，满脸疑惑地看着我。

我不停地接水漱口，还是恶心。

“前辈，那是护发乳，不是牙膏。”慧善惊慌地看着我的脸说，“跟牙膏样子差不多，您弄混了。”

她想笑又不敢笑，忍得脖子都红了，

我把护发乳啪地放到她的桌子上。

“可恶！这是哪儿产的？绝不要给他们写报道！”

慧善实在忍不住了，趴到桌子上笑起来，肩膀一耸一耸的。别人看见了，可能会以为她被我欺负了，在委屈地哭。

有的日子，做什么都不顺。碰上这种日子，甭管截稿还是什么，上上策就是回家待着。我开始收拾东西，但刚把钱包放进手袋里，季者前辈就出现了，一只手里也拿着牙刷。

“跟 ABOUT 老板联系上了吗？”

该死！

“你是不是打定主意要让我被主编骂？”

“现在是用餐高峰时间，打电话他也不会接的。”

“等营业时间结束后马上打电话！打完电话跟我汇报了再回家。李瑞贞，你最近怎么搞的？这可是重要的报道啊！创刊纪念特辑，主编期望很大！”

季者前辈哗地一声拉开抽屉，把牙刷随手扔了进去，然后看着显示器整理起写了一半的稿子来。我看着季者前辈想，她怎么能总待在公司里呢？

我突然感到好奇，季者前辈在公司之外的生活是什么样的？

她有给孩子做饭的时间吗？有帮孩子做幼儿园作业的时间吗？有没有带孩子去过游乐园、给孩子烤过巧克力曲奇、亲自喂孩子吃饭？有没有为孩子细心挑好鱼肉放到勺子上？

她总在加班，让人感觉她似乎并不想回家。就算她是把工作当休息的工作狂，这种情况也太严重了。

我知道在别人眼里，我也是个工作狂，但无论如何也想避开朴佑振。能不能让韩在石负责这次的报道？我今天有了好几次这样的念头了，但用什么借口把这个活推出去呢？又不能把我跟朴佑振那些破事儿对季者前辈和盘托出。

“别发呆了！干脆今天直接去餐厅，把日期定下来！听明白了吗？”

季者前辈反问一句，似乎发现我心不在焉了。

对面的慧善跟我四目相交，又笑起来。韩智仙拿着牙刷悠闲地走过我的位子，瞥了我一眼，嘴角挂着诡异的微笑。韩在石悄无声息地靠近我，说：

“捐赠天使，给我一万块！”

民俊前辈依然没有回办公室。

在去朴佑振餐厅的路上，我不停地查看手机。民俊前辈连个短信也没有。各品牌的宣传人员看样子今天集体罢工了，平时一天好几个电话，今天也悄无声息。

电话这东西，原本是越等越不会来的。

为什么这么多等也等不来的东西？恋人，亲吻，信，生日礼物，录取通知书，彩票头奖……

不等也会准时飞来的，恐怕只有信用卡还款通知书了。

我看了看手表，晚上11:45，就算是卖酒的餐厅，也不会有几个客人了，ABOUT不过五张桌子，更不可能有很多客人。这个时候，他显然在餐厅里，或是舒舒服服地坐着抽烟，或是倒一杯干红，开始整理一天的账目。时间很充裕。只有这时才可以对朴佑振明确地提出：

“什么时候让我进你的厨房？”

我下了出租车，走到朴佑振的餐厅门前。可能因为吐过，胃里很不舒服，我在门前站了一会儿，定了定神，慢慢推开餐厅的门。

民俊前辈坐在餐厅里，跟朴佑振隔着一张桌子面对面坐着。

两个男人一个在抽烟，另一个在喝红酒，怎么看都不像是第一次见面。第一次见面的人脸色就那么严肃？恐怕只有用“合谋犯罪”才能解释得通。眼前这景象到底该如何理解呢？我推开门后，惊慌得只想马上走，但那两个男人同时看到了我。

朴佑振随即变得面无表情，从座位上站起来。

民俊前辈则稍显惊慌，他把杯里的酒一口喝光，把空杯子放回桌上。桌上摆着一个盘子，盛着各种奶酪和黑橄榄。一看到那黑色的小圆粒，我又想起那天晚上的噩梦。

“瑞贞，过来坐。”

民俊前辈向我招招手。

“前辈，我是来谈采访问题的，有话要跟朴社长说。”

我走向朴佑振。民俊前辈和朴佑振在一起让我觉得不知所措，我不希望他看出我和朴佑振之间的别扭劲儿，不希望让他感觉我们之间有什么瓜葛。

“我什么时候可以来？”

我的声音淹没在越来越大的音乐声中。

“你什么时候能来？”

“从明天开始，或者马上开始，都没问题。”

这是谎话。从现在起进入截稿期了，有很多稿子要写，还有很多没按时交稿的撰稿人需要催，但是，我决不能让竞争对手把报道抢走。“独家”这个词能让我们产生高潮，那是征服无人涉足的处女地的快感。

“好，从下周开始吧。”

“好的，就这么定了。”

“刚到了不错的奶酪，要不要喝杯红酒？”

我突然感觉一阵头晕，立足不稳，地面似乎在下沉。难道还有什么东西可吐吗？

“怎么了？”

朴佑振紧紧抓住我的胳膊，扶住我。

“没关系。我给您打电话。”

我逃也似的离开了那里。关上餐厅大门，走出约十米，我意识到有件重要的事忘了做：没问他的手机号码。要约定采访日期和时间就必须回去，但我的脚挪不开步子，满脑子都是这样那样的想法，绞成了一团乱麻。我攥着手机站了一会儿，决定直接回家。

先给季者前辈发了个短信：

——采访日期约好了。我直接下班了。

还没把手机放进包里，短信提示音就响了。

——你知道要采访的那个餐厅的社长是同性恋吗？

那不是季者前辈的回复。

我又把液晶屏上显示的短信念了几遍。

那是韩在石发来的令人难以置信的消息。

3

只要是记者，必然都有一两样截稿综合症。

韩在石一到截稿就贪吃到疯狂的地步，韩智仙的神经质像来自聚宝盆一样源源不断，美容部的慧善则是随时随地会大哭一场。季者前辈的截稿综合症与她的名声相符，足够独特——修改后辈稿件时过于用力，黄色的辉柏嘉铅笔接连折断。她检查单词，挑出杂草一样多的毛病，用力在稿子上画出来。经她的手改过的稿子仿佛脱胎换骨，她的能力在业界广为传颂，被称为“神手”。

光是这次截稿，季者前辈弄折的铅笔已达五支，其中有两支是在我的稿子上断掉的，这个月的截稿对我来说不亚于三九寒冬。

第二天，民俊前辈若无其事地看着我说：

“听说你四月号的莫扎特音乐会报道中把‘贝多芬’写成了‘蝙蝠侠’？哈哈哈……”

打字错误大爆发。

那就是我最严重的截稿综合症。我犯的错误，连天下第一的朴季者有时候也看不出来，她总说我应该去角逐“本年度最严重打字错误奖”。我已经听烦了关于这个问题的各种调侃，但金民俊终于肯跟我开玩笑了，这着实令我感动，禁不住也放声大笑。

我们正在会议室里挑选郑诗莲的照片，没人提及昨天的事。面临截稿，办公室里每个人都为各自的事忙得不可开交，整个星期，全体成员都在会议室里吃晚饭，我尽管满肚子疑问，也不知该从何问起。

朴佑振是同性恋这个传言，韩在石大概是听别人说的，但我没时间去追究传言的出处。首要的是，在石和我要完成题为“李瑞贞韩在石的夜生活”的情爱与性爱专栏，如果不按时交稿，能被主编的喋喋不休烦死。

“李瑞贞，韩在石，你们又没做！这次又打算拖到最后一刻吗？快点做！现在！马上！”

截稿在即，为个人的事苦恼，既没时间，也没精力。

“你有没有想跟男人上床的经历？”

坐在会议室里，我不得不向在石提出这种令人寒心的问题。

“前辈跟女人睡过吗？”

没正经的家伙，就不能老老实实回答。

“是我先问你的！”

“在纽约走红的艺术家里，大概有多少是同性恋呢？安吉丽娜·朱莉有双性恋倾向，你也知道吧？”

“那又怎样？”

“我觉得，男人和女人都能爱的人属于进化更好的族群，也就是那些双性恋者。他们机会更多，传播基因的可能性也更大，在恋爱战线上比只坚持一种性取向的竞争者更有优势。”

“难道你……”

“你想问我是不是双性恋者，怎么会呢？瑞贞你有时候真单纯啊！我就爱你这一点。对了，那个ABOUT的社长怎么样？听说想跟他交往的同性恋排队等着呢。那个男人真那么有魅力吗？”

“那件事你是听谁说的？”

“绝对不能免费告诉你。听说已经定下ABOUT的采访日期了？带我去吧，要不就在那儿请我吃一顿最贵的晚餐。”

谁的算盘能打得过韩在石呢？

反正要在狭窄的厨房里跟朴佑振一起度过好几天，我决定以后再慢慢弄清这件事。其实时尚界的传言很多都是空穴来风，一般人在电视或电影上才能见到的女同性恋、男同性恋公开表明性取向之类的事，在这里却是天天都在制造并传播的。只要不是从本人嘴里说出来的，什么都不能相信。

但是，这个消息像给了我一记耳光，很不吉利。如果朴佑振是同性恋，那七年前他消失的理由就不言自明了，无需多说。

他不是讨厌我，而是讨厌女人，突然失踪是因为实在无法向父母说明自己的性取向，也不指望对面的女人能理解。

如果朴佑振不是同性恋呢？我脑袋里又是一团乱麻，在电脑上敲一个字，朴佑振的脸就像闪烁的光标一样跟在后面，这样下去，分派给我的稿子恐怕一篇也完不成。

耳边似乎响起季者前辈折断铅笔的声音。让人恨不得立刻把她那个据说是从德国买来的自动削笔刀扔掉，让她用不成铅笔。

真正具有震撼性的事件，是在整个星期每天熬通宵的截稿期结束后发生的。

清晨，太阳刚刚升起来，像落到平底锅上的蛋黄一样新鲜，这个不吉利的消息就敲开我的房门，在我面前炸开了。

“听说你怀孕了！”

我三天没睡，只想睡个懒觉，恩英却冲进来带给我这样一个消息。

“看来你终于跟金民俊睡了啊。”

我打了个哈欠，揉了揉眼睛，看着恩英的脸，还没反应过来。

“怀孕？”

恩英重重点了点头。

“你刚才说什么？说我怀孕了？”

“眼睛瞪那么大干嘛？镇定点。”

恩英连连做手势，让我说话小点声。

“我不是告诉你了嘛，没跟金民俊睡过。哦，是没能睡成。这种事你非要我一讲再讲吗？”

“我知道。可那传言是怎么回事？”

应该不会是朴佑振说的，就算他再没人情味，也不是那种人。

“你听谁说的？”

“我是听KM的崔室长说的。既然我能听崔室长说这事，估计已经没人不知道了。”

“崔室长是听谁说的？”

“现在重要的不是那个，你好好想想，为什么会出现这个传言呢？”

恩英递给我一杯冰水，我接过来咕嘟咕嘟喝了个精光。虽然截稿期结束了，但前几天发生的事似乎还没结束，乱糟糟地拧在一起。居然说我怀孕了！跟喜欢的男人都没能上床，怎么会怀孕？因为该死的赛尼可，在他面前丢了那么大的丑，我恨不得跳进汉江，还谈什么怀孕！

“崔室长是听金理事说的。金理事我也问了，说是听洪代理说的。”

顺藤摸瓜，沿着传闻一环一环地追问下去，最终一定能找到最初的散布者。但无需那么做了，我已经凭直觉想到了传言的本源。

“瑞贞，你身边怎么没一天安静的？瞧瞧你们时尚界，真可怕！”

一切都很清楚了，最初的事实是我把护发乳当成牙膏用，导致了呕吐，韩智仙趁机对我报复。

真正精明的人轻易不显露感情，不号啕大哭，也不放声大笑，而是悄悄地在背后捅刀子。对那种人来说，大哭或大笑反而是掩饰感情时才使用的夸张伎俩，是面具。韩智仙假装不知道关于自己的传言，实际上对来龙去脉一清二楚。

上帝真是公平的。我一犯罪，马上就受到了惩罚。

厨房的秘密

1

寻找 Doctor Restaurant 从一开始就困难重重。

好不容易才通过从法国蓝带烹饪艺术学院毕业的人拿到了毕业生名单，给名单上的人一个一个打了电话，但没有一个跟Doctor Restaurant沾得上边。其他世界知名的厨师学校，包括美国的厨师学校 CIA、意大利的厨师学校 ICIF 等，我全都调查过了，但在连 Doctor Restaurant 是男是女都不知道的情况下，这相当于大海捞针。

倒不如写电子邮件，直截了当地说：

"Doctor Restaurant，我们见面吧。我是责任编辑，我会保守秘密的。"

有问题就应有答案，但这种情况下，似乎看不到答案在哪里。

只要 Doctor Restaurant 不打算宣布自己的存在，恐怕谁都见不到他的真面目。我甚至找过公司电脑部，问能不能查出他的电子邮件密码，进入他的邮箱，但遭到了断然拒绝，说那是违法的。其实就算不合法，只要能查出来，我豁出去也要做，但问题是这个精明的美食评论家并不只用一个邮箱。

我决定给他写一封饱含真心实意的长信。为此，我回想起从负责他的专栏到开始采访餐馆的整个过程。我决定进入朴佑振的餐馆，很大程度上也是受他影响，因为我认同他的话：不懂烹饪的人写美食评论，是不合理的。

我认识的一位厨师说，韩国的饮食文化不发达，原因之一就是缺少能切中肯綮的美食评论家。

说得也是，二十出头的年轻记者尚未体验过丰富的口感，能写出什么精彩的美食评论？除了煮方便面外什么都不会做的人，更不可能了解把各种材料混合、发酵，最终统合为截然不同的美食的世界。用什么材料做酱料，怎样从骨头里熬出汤汁，把面粉中的麸质去掉多少才能做出完美的意大利面，如果不知道这些，就不可能写出好的美食评论，顶多是把别人写的专栏按自己的方式加以改造，提供些没有实际价值的信息。

在这个国家，几乎没有白发的现场记者，记者到了一定年龄都去当管理者了，把现场的经验都用在鞭笞后辈、跟广告商战斗、对上级阿谀奉承上。就算这个时代更重视年轻和雄心，而不是年龄和经验，也依然不能否认，在这个一切都在快速改变的时代，“慢”反而更重要。

Doctor Restaurant 对我来说，是知识和智慧兼备的老师。

虽然不知他会不会读我的邮件，我也很想表达自己的心情——我想学习厨房的科学和艺术。给 Doctor Restaurant 发完邮件，我突然想到，这次的事真是个好机会，毕竟进入专业餐馆的厨房的机会，并不是每个人都能有啊！

我给朴佑振打了电话。

“我准备好了，什么时候可以进厨房？”

就算是搬洋葱袋子、切萝卜、剥葱、擦碟子这些琐碎的小事，我也打算满怀热情地去做。同时，我对过去的自己感到寒心：身为负责餐厅报道的记者，却从未动过进厨房的念头，真让人羞愧。

“从明天下午开始，可以吗？”

“好的。”

那个男人七年前把我丢在咖啡厅，而现在，我就要去他的厨房上班了。

2

上一期的截稿一结束，下一期的选题会就开始了。新的选题，新的会议，新的采访和报道，又要为联系采访而打电话，电话，电话……截稿的好处是上一次的工作告一段落，坏处是接着又面临下一次的截稿。

这次安排我联系的人是演员宋康昊和导演朴赞郁。

朴赞郁导演我曾联系过，希望能以“向电影大师致敬”为主题拍一组照片，但被他郑重地拒绝了。演员宋康昊则是所有媒体梦寐以求的采访对象。毋庸置疑，这次也将是一场血战。

开选题会时，我冷冷的目光常落在韩智仙身上，而她表现得像个伟人，似乎无论别人对着她的后脑勺如何指手画脚，都不为所动。选题会进行了三个小时，我提前退场，因为要去 ABOUT 的厨房干活。民俊前辈恰好在附近有拍摄工作，说可以顺路送我。

“定下采访了？”

我点了点头。

“我知道你会成功的。”

“我倒没想到。”我看着民俊前辈说，“那里的社长冷冰冰的，不近人情。”

这样说似乎掺杂了太多的个人感情色彩。我赶紧更正说：

“他给人那样的印象。”

其实我有很多问题想问民俊前辈，但此时此刻只想赶快结束这次采访。如果我和朴佑振之间是恶缘，那总得有个结束，为此我得先跳进朴佑振这条江里奋力游水，才能摆脱那个男人。

“就我看，朴佑振先生似乎对你有好感。”

“不可能！”

我从包里掏出笔记本，看了看准备给朴佑振的名片和整理采访方向的备忘录。

“你对朴佑振先生很了解吗？”

民俊前辈问的，正是我想问他的问题。

“没什么了解，除了知道他性格不怎么样……我的意思是，他显得很另类，坚持不肯宣传餐厅，还有关于他的那些荒唐的传言。”

“传言？”

我点了点头，说：

“听说他是同性恋，仔细想想，似乎真有点像。”

难以忍受的沉默持续了几秒钟。是我犯错误了，民俊前辈不是那种制造或散播传言的人，印象中，我从未听他讲过什么八卦消息。金民俊这个人，是时尚界难得一见的超脱于传言的珍稀物种。

“因为采访问题，我这段时间得待在ABOUT，如果想吃我做的意大利面，欢迎随时光临。”

“从这里走进去就行了。”

民俊前辈没有理会我的话，淡淡地抛给我这样一句。

我看了看民俊前辈的脸。餐厅是在死胡同里，进去以后几乎不可能掉头，这我知道，但仍无法释然：他是不是对我有什么误会？

我把内心复杂的感情藏起来，灿烂地笑着对他挥了挥手。他没有看到我的笑容，掉头走了。我一直盯着他的车越行越远。

突然，一个想法钻进我的心里：或许他并不是没看到，而是不肯看。

3

厨房，常与一种浪漫的幻想联系在一起。

只要是女人，谁都想象过拥有自己的厨房。女人希望拥有美丽厨房的欲望常常被男人误读，以为她们是对做饭很有兴趣或擅长做饭，但事实并非如此。反倒是越不擅长做饭的女人，越这样希望。

有些女人，会做的东西仅限于把三分钟速食咖喱放进煮开的水里，或按照方便面盒子上的水位线倒入开水。可连她们也想拥有自己的厨房，想要一个爱尔兰风格的厨房，窗户上挂着像棉花糖一样蓬松可爱的蕾丝窗帘，窗台上养着胡椒薄荷或迷迭香之类郁郁葱葱的香草，厨房里挂着大小各异的平底锅和厚重的意大利面锅，就像在《幸福之家》或《玛莎·斯图尔特》等杂志上看到的那种厨房。如果说男人对手持铁钉和锤子的木工有种向往之心，女人就对摆放着各种厨具的厨房怀有依恋之情。

厨房是女人展开幻想的翅膀的空间。

那空间明明存在于家中，却又缺乏现实意义。现代的职业女性很少有每天进入厨房做饭菜的，她们的冰箱里有各种方便食品，冰箱门上则贴着提供送餐服务的各类餐饮广告，上面印着电话号码。久而久之，对厨艺方面的那些事，女人变得越来越无知了。厨房逐渐失去具体性，越来越抽象化，最终只留下关于“我美丽的厨房”的幻想。

千方百计买来昂贵的嵌入式烤箱，却不用来烘烤，而当成收纳碗碟的橱柜，这样的女人数也数不清。她们常用的炊具，大概只有花几分钟来加热速食饭菜的微波炉。职业女性的厨房，其功能已经推陈出新，就像韦奇伍德和皇家哥本哈根出品的华丽的装饰用瓷器一样，不再是为了使用，而是为了观赏。

厨房里的各种设施，也被赋予了新的使命。

对都市女性来说，冰箱近似于尸体保管所，里面堆放着腐烂的香蕉、苹果、发霉的橘子、发蔫的芹菜与生菜、过期的牛奶、在包装盒里慢慢腐烂的各种打包食品……冰箱本来是为使新鲜的东西保持新鲜度而设计的空间，却被用来延长将死的东西的生命。像植物人一样，蔬菜和水果失去了新鲜度，就失去了作为蔬菜水果的尊严。

最终，城市女性追求的是否不是冷藏，而是冷冻？

一位杂志社的前辈告诉我一个生活小窍门：可以把一切都放进冷冻室，不管是婆婆给的大豆、大蒜、芹菜，还是蛋糕、面包，都可以冻起来，放上一个月，两个月，甚至三个月，都不会腐烂，还好端端的，拿出来解冻加热就可以吃。多令人感激啊！

有一天，我加班后回到家，看到洗碗池的盘子上绽开霉菌之花，不由得吃了一惊：盘子上仅仅残留了一丁点饭渣，居然就能趁机生长起来。这是大部分都市女性厨房的缩影。

我从未想过厨房会是一个可怕的残忍的空间，然而，真正制作食物的厨房偏偏就是。

十几个大灶，火苗大得吓人，家用煤气灶根本无法相比。灶上的锅里时刻烧着超过两百度的油，还有咕嘟咕嘟沸腾的水和调味酱料。煮意大利面的大锅里，水一直翻滚着，稍不留神就可能被烫伤。还有那些刀，像是有生命的，闪着冷森森的光，似乎不管什么东西，只要掠过刀刃就会被一分为二。厨房的每个角落里，无论是鱼还是肉，什么都能分割、切块或剁碎。

在餐馆的厨房里，我曾两次被刀割破了手指，还有一次为了尽力把洋葱切薄，差点削掉左手拇指的指甲。在那里，去掉活物的内脏、刮鳞、剥皮的工具都像杀人的凶器，看上去很漂亮，但都跟杀戮联系在一起。

厨师是经过良好训练的杀手，是冷血动物，随时准备用锤子和刀具使活物断气，或将其麻醉后杀死。

置身餐馆的厨房，我才发现，厨房是充满了“杀戮的记忆”的地方。

厨师们为什么都那么粗暴呢？

亲历其境后才发现，厨师们不粗暴，厨房就不能安全高效地运转。如果没有怒骂和高喊，厨师们就无法绷紧神经，而神经一旦放松，就会出现人员受伤、碗碟破碎、饭菜做坏的情况。他们通过饭菜创造利润，要做出可口的饭菜，就需要好的材料；要减少材料的损失，就需要正确的烹饪方法和技术。厨房里几乎没有非专业人士立足的地方。因此，我在ABOUT的厨房里常感觉手足无措。

我了解把意大利面煮得恰到好处的方法，掌握有关意大利面和香草的丰富知识，因而有些自负。但这自负瞬间就崩溃了，连厨房里专职洗碗的人也一脸寒心地对我喊叫：

“请利用手腕的摆动！像你那样擦，一辈子也擦不完。请小心点，别打碎了碗碟！”

锅子一个比一个重，碟子超乎想象地脆弱。

我整个下午都埋在厨房那些像小山一样的碗碟中，洗净，擦干。

——废弃物丢进垃圾桶，厨余丢进厨余桶！

——碗碟按顺序摆放，不能有水汽。

——贻贝的壳要处理干净！

我根据墙上贴的各种注意事项，处理各种海鲜的壳，擦干碗碟上的水，为区分怎么看都差不多的意大利细面条碟和牛排碟，看了又看。

厨房很小，人很多。

最多只能容纳二十八个人进餐的这个小小的餐馆，没想到厨房里居然有这么多工作人员。所有人员分成三组：负责冷盘的，负责煎炒和烧烤的，负责甜点的。每组有两三个人，每个人面前的墙上都贴着纸条，写着当天要提供的菜的原料和做法。其他地方也贴满了各种注意事项。厨房里一直飘荡着炖鸡肉和牛肉的味道，还有把羊肉、大块羊骨头、大蒜、洋葱、胡萝卜、莳萝和长相奇怪的蔬菜放在一起熬的杂汤散发的香喷喷的味道。

随着时间的推移，厨房里弥漫着的香味越来越浓，人们的动作也越来越纯熟，一举一动似乎有一种特殊的韵律感，就像芭蕾舞演员通过艰苦的练习后展示出的小跳或迎风展翅等舞姿，行云流水般优雅，令人心驰神往。

如果不是在厨房里，我绝对见不到眼前这样的情景。居然有这样惊人的发现！

其实，在这个厨房里，烤牛排或煮意大利面那种了不起的事轮不到我，我的任务是整个上午洗碗，整个下午切洋葱。要把洋葱切得尽可能薄，近乎透明。我寻思，又不是用来挤汁，干吗要把洋葱切得那么薄。最糟糕的是，没有人告诉我怎样才能不流眼泪就把洋葱切得又快又好，而在这儿是不能提问的。我瞥了一眼一言不发地站在烤炉前的朴佑振。

“要成为好厨师，视力比听力重要得多，就算是挨骂，也要用眼角的余光看清楚前辈是怎样做的。”

正在准备材料的工作人员在我耳边说。

我默默地集中注意力，力求切出我能切出来的最薄的洋葱片，但可笑的是，洋葱片不但没有变薄，反而越来越不规则，甚至更厚了。太辣了，眼泪哗哗地流，而且越是用手擦，眼泪流得越多，可谓雪上加霜。

晚餐时段，太忙了，连去卫生间的时间都没有。

也没工夫喝口水，只是工作，工作。

平底锅里散发出海鲜烤熟了的香味，一名厨师拿起特级初榨橄榄油就往里面猛倒。那么高级的橄榄油，怎么能一下子倒那么多呢？我站在一名默默捣碎百里香的职员背后，发现每个人干起活来都是那么干净利落。

“我去把佛卡夏取出来。”

一个人走向烤面包的烤炉。

我切了一下午洋葱，眼睛一直辣得难受。光顾揉眼睛了，食欲也揉没了，几乎没感觉到肚子饿，但想到一整天什么都没吃，突然饿劲儿上来了。

既然是刚从烤炉里拿出来的热乎乎的面包，吃一点应该很舒服。我想起烤箱旁边有一把小椅子。站了一整天，双腿酸痛，能在那把椅子上坐一分钟，我就别无所求了。但刚往烤箱方向走了几步，就迎面碰上了朴佑振。他瞥了我一眼，立刻一脸凶相地对正在煮调味酱料的员工嚷道：

“不是叫你再放点瓦尔蒂昂奶酪吗？”

灶旁的一名员工被他的喊声吓了一跳，把手里拿的蓝纹奶酪放进了锅里。朴佑振快步走上前，把手指伸进咕嘟咕嘟沸腾着的调味酱里，尝过味道后，瞬间从嘴里吐出两个字——“淡了”，下达了再加奶酪的命令。手指被开水烫伤也不哼一声，他难道是个铁人吗？

我嘴里叼着和善的面包师傅给我的佛卡夏，继续切洋葱。整天切洋葱，我在这个地方学到的东西不是菜式，不过，朴佑振想告诉我的大概也不是菜式，而是厨房里这种热火朝天的气氛吧？我全身心都在感受这个厨房里根据客人点的菜单时刻发生变化的气氛。

这个总共八个人在忙碌的厨房，指挥者是朴佑振。

他的作用并不体现在亲自动手做菜上，而是协调菜品，激励员工，让快速运转的厨房气氛更加热火朝天。他还检查成品的形状和质感，并负责上菜之前的摆盘。他往来于冷盘、烧烤、煎炒、甜点等各组之间，通过下达各种指令使各个环节紧密衔接，通过适当的调节使员工们保持特有的节奏。他嘴里出现频率最高的是如下词语：

别咸了！别甜了！酸一点！再来点！一点点！适量！

当然，出现最频繁的是这句话：

打起十二分精神来！

他说出的每句话都铿锵有力，威严十足，充满活力，虽说在嘈杂的厨房里，但人人都能听到。

我曾经想象过为搭配各种材料而苦恼的主厨的样子，以为会像一位沉思的艺术家，但此时朴佑振的面容却更像船老大一样刚强坚毅，给我的印象分外深刻。他那上身时笔挺的白色厨师服溅满了五颜六色的调味酱，随身携带的干净抹布很快就染上了红红绿绿的油污。一名员工扛着烧烤用的白炭走进来，他接过来，扛上就走。本属于外科医生的灵巧双手却在做这样的粗活，恐怕只能用纯粹的热情来解释吧。

平底锅里溅出火花。

烤架上羊排冒着青烟。

意大利面锅里水在沸腾，漏锅里煮着圆圆的意大利土豆团子。

厨房里热气蒸腾，每个人的脸上都在淌汗。

这才是真正的劳动的世界，是火热的世界。

“通心粉两份，宽面条一份！西西里式蒸贻贝一份！”

大堂里不停地有人点菜。

有人高喊意大利面的名字，马上就有人把平底锅放到灶上，把橄榄油倒进锅里，再放上我剥了一早上的虾仁、瑶柱、文蛤。点菜，点菜，点菜……通心粉，宽面条，烩饭……餐厅的门不停开合，客人像潮水一样涌进涌出，点菜单像雪片一样飞进厨房。

一个小时，两个小时，不知道时间是怎么过去的。

耳朵上别着一支笔的年轻员工在点菜单上打一个叉，我就呼出一口气。任何事情都会有结束的时候，像地狱一样的今天也会结束。可是，最后只剩我一个人拿着刷子清洁烤架时，朴佑振丢过来这样一句话：

“那样刷不净！刷不净再用，食物就会沾上黑灰。连最基本的都做不好！重刷！”

这时我才明白，我在这个厨房里的地位，连只有二十二岁的最小的员工都不如。

这是我早该明白的事实。

第二天我切的是胡萝卜。

既然是要放进酱汁锅里的胡萝卜，煮那么长时间肯定烂得辨不出形状了，为什么非要切成一模一样的呢？我实在无法理解。疯了！疯了！又不是放在盖饭的咖喱卤里面，为什么非要这么切？我无可奈何地切着，叹息不由自主地从嘴里冒出来。

“只有那么切，胡萝卜的味道才能充分融入酱汁。”

见我一个劲儿嘀咕，一名员工看不过，悄悄地告诉我。

我笑着点了点头。照我的心情是笑不出来的，要知道，我这个人讨厌切胡萝卜丝，做蔬菜炒饭的时候都不放胡萝卜，而我又是吃紫菜包饭时先抽里面的胡萝卜条吃的偏食儿童。

切装饰牛排用的白菜，也归我干。

“我还是第一次见到用白菜做装饰。”

我一边切白菜，一边对一位正在融化做甜点用的巧克力的员工说。

“这是因为白菜比芦笋之类更新鲜，更美味。使用本地材料是我们主厨的方针。现在这个季节的白菜，就算不调味也甜丝丝的，清脆可口。”

“所以意大利烩饭的米也用京畿米？”

她笑着点了点头。

“进口米要经过长时间的船运，其间为了保鲜一般会使用防腐剂，因此，即使意大利烩饭的口感有所不同，也还是使用本地米更好。”

“说得也是。”

“你知道吗，有位法国蓝带烹饪艺术学院毕业的三星厨师，曾经把泡菜和奶酪放在一起，做过‘油炸泡菜卡芒贝尔奶酪’呢！”

想起来了，那是明星厨师马克·尚洛宾在蓝带工作时首创的菜式。

“一般明星厨师都是采用当地的食材，按自己的方式进行创造性烹调，最大限度地发挥其美味。即使说喜欢做正宗的菜式，这个所谓的‘正宗’也需要正确理解当地的食材后，才有可能实现。而且，现在我国进口的好食材还不多，局限性比较大，像戈尔贡佐拉干酪或巴马干酪之类的奶酪，最高品级的不多。”

“我还是第一次见到卖煎猪排的意大利餐厅呢，印象很深。”

“用意就是少吃牛肉。”

插话的是朴佑振。不知什么时候，他走到洗碗池旁，正留心察看我洗好擦好的碗碟。

“你是素食主义者吗？”

“不是，但吃牛肉具有政治性的意义，牛吃掉了太多粮食，地球上有很多人因此而饿死。”

仔细想想，菜单上的菜式安排也能看出朴佑振的饮食哲学。

我曾经在《绿色评论》之类的环保杂志上看过一篇报道，说全球变暖的主犯是牛排出的甲烷气体，也就是因为“牛放屁”。我们生活的这个地球居然因为牛放屁和打嗝而走下坡路，多令人吃惊啊！尤其是牛吃掉的粮食超过了人吃掉的，真的很让人震惊。

“为了让牛长肉而只给牛吃谷物，真是不像话！”

我转头看着他的脸。

那正是Doctor Restaurant说过的话！

Doctor Restaurant在他的专栏里写过，给牛吃粮食而不是草，就相当于只给孩子吃零食。

“能做一个小时的采访吗？就一个小时！”

我恳切地看着他。

“想采访的话，去问那边烤羊肉的浅野吧。他比我有趣一百倍。”

他说完就面无表情地朝烤箱走去。据说厨房里是绝对禁止提问的，看来他一句都不打算告诉我。反正还有时间，慢慢找机会吧。

“羊肉特有的味道根本不能算是异味，但韩国人好像把原材料散发出的特殊味道全当作异味。每次见到这种现象，我都非常着急。”

在烤架旁工作的浅野一边往羊排上洒迷迭香，一边对我说。听说他有两个博士学位，虽然是日本人，但韩语说得非常流利。他在意大利南部旅行时，住在朴佑振工作的餐馆附近的民居里，偶然认识了朴佑振，相互结为知己，最终随朴佑振来到韩国。

幸运的是，这个地方有各种各样的人，能听到各种各样的话，尤其是甜点组一个做巧克力的女孩对我讲的朴佑振的饮食哲学，比他自己讲的多得多。直觉告诉我，那个女孩喜欢朴佑振，因为每次朴佑振双手抱胸查看甜点时，她就紧闭着嘴站在旁边，脸蛋红扑扑的。

在狭小的空间里工作，身体时常互相接触，很容易发生恋爱事件。在这个厨房里，睾丸激素和雌激素也像烧开的油一样在咕嘟咕嘟沸腾。谁喜欢谁，只要留心观察就能发现。最后一天拍摄时，这将是很有趣的故事。我虽然身体很疲倦，但对厨房的方方面面了解得越深入，对朴佑振这个男人就越好奇。可是，朴佑振在厨房里根本不谈个人话题——他讲的只有命令。

我的下一项工作是把卷心菜切成细丝。

日式炸猪排旁边配的卷心菜丝，我吃的时候什么都没想过，现在第一次亲手切，才发现卷心菜像个圆石头一样硬邦邦的，真的很难切。对半切开都很困难，要用刀切成同样细的丝，对我来说似乎不可能。而且，到底为什么要把卷心菜切得像线一样细？这个地方又不是日式猪排店！

我整个下午都在与卷心菜作斗争，结果还是切得乱七八糟，那些卷心菜丝好像在对我说：

“这算什么！你切得太胖了、太散了。你觉得我很胖吗？”

我突然觉得，世界上最难的事就是把硬邦邦的卷心菜切成细丝。

结果，悲剧性事件终于发生了。

被我切掉的不是卷心菜，而是手指。

三年前，我曾去印度旅行。

旅行是为了采访，主要交通工具是长途汽车和火车。我最头痛的是长途汽车，火车上有卫生间，可以解决生理问题，而长途汽车一坐就是二十几个小时，却什么卫生设施都没有。有一天，我半夜喊停，然后下车到没人的地方办了要办的事。

问题在那之后发生了。印度有很多落后的泥路，加上经常下雨，路边到处是烂泥坑。我穿着运动凉鞋的脚陷进泥泞里，怎么拔也拔不出来，只好扭来扭去地用力，结果整只脚都粘上了黏糊糊的泥。

说实话，那不是泥。

那是大便，是印度崇拜的牛的大便（我真的很愿意相信那不是人的大便）。

我不崇拜牛，更不崇拜牛粪。当时我喊出来的话，现在想起来都觉得可怕之至，反正在当时根本不可能有水洗的情况下，我能说的只有一句：

“不如把我的脚砍掉！”

手指被切掉时，为什么会想起那时的事，我也说不清，可能是“切掉”这个词含有那种微妙的感觉吧。弗洛伊德提出了分析潜藏在无心之言中的无意识的理论，这已经不是什么新鲜事了，或许我产生这样的联想也可以用他的理论来解释。

最可怕的是，谁都没能马上找到切掉的手指。

最先找到手指的人是负责烧烤的浅野——居然是在为煮鸡骨汤而堆得像小山一样的鸡爪旁边！

我看着那些被拨到一边的鸡爪。

不会飞的鸟的脚在天上飞。

那景象太奇妙太古怪了，我紧紧闭上眼睛。

幸好那不是牛粪。

真的，这是这幕悲剧中唯一的安慰。

我人生中真正重要的东西消失了。

我失去手指后才发现，比起达米阿尼戒指或卡地亚戒指来，戴那东西的手指更重要。我像个傻瓜一样，不停地想那截失去的手指。

“叫你切卷心菜，谁让你切手指的？说了多少遍，要打起十二分的精神来，你到底都在想什么？”

朴佑振对我吼道。

“对不起！”

我回答。当时满脑子空白，惊慌得合不拢嘴，手足无措。而这样的人似乎只有我一个，厨房里其他人都很冷静，开始沉着地处理善后。朴佑振不知从哪儿拿来绷带、纱布和食盐水，一脸怒气但有条不紊地查看我的手指，找到出血点，开始压迫，然后把消毒纱布贴在切断的地方。对他来说这似乎是寻常事，他看上去十分沉着。也是，他当过外科医生，像我这样的病人，急救时不知见过多少。朴佑振曾当过医生这个事实给了我很大安慰。

难道我会死在这个男人面前吗？会不会一辈子失去这个手指？我的心在“不会吧”和“或许会”之间来来回回。我的手指头在朴佑振的手里，这场面我实在看不下去了，于是闭上眼睛，但切断的手指喷血的景象总浮现在眼前。

“就算疼也忍着点！得马上去医院。”

我什么都没说，也无法睁开眼睛，感觉只要睁开眼看到切断的手指，无法忍受的疼痛就会围上来。当然，我还是睁过一次眼，刚好看到朴佑振面无表情地把什么东西装进了冰包。

怎么能那样若无其事?!

我想，要让那张脸上亮起“紧急情况”的红灯，是不是得打他一个耳光才行呢？“我的手指被切掉了，都是因为你！”我脑海里不停地跳出埋怨的话，但嘴唇僵着动不了，两条腿似乎也完全麻木了。

“李瑞贞，打起精神来！你想没手指过一辈子吗？”

朴佑振大喊着，大步走过来，一瞬间把我背起来。我像一大块熬高汤的肉骨头似的被他扛在肩上，一直到上车。朴佑振匪夷所思、神出鬼没地把车开出车辆横七竖八的清潭洞胡同，在等红灯时回头看着我说：

“不见得能安慰你，不过，我已经亲身体验过两次这样的事了。”

他举起左手的中指和食指。

我开始感觉神志不清，越来越困，便拼命睁眼睛，但眼皮像灌了铅，怎么也睁不开。瑞贞啊，不能睡！似乎从很远的地方传来这样的声音，听起来像是姐姐。为什么总想她们呢，真想见见远方的瑞恩姐和瑞英姐。我看到了大象、长颈鹿和美丽的斑马在草原上漫步，一团烟雾像面粉一样白蒙蒙地飞来，两位姐姐在里面向我挥手，对我笑。但很快，一片祥和的非洲的天空中突然落下一阵鸡爪雨……

我又睁开眼睛，模模糊糊地看到朴佑振的脸。

他悲伤地看着我，双眼里分明含着泪水。

4

就这样，我成了断指的“怀孕女记者”。

唯一值得安慰的是两个星期的病假。我向公司申请了三个星期，但季者前辈不由分说地点出我的伤情。

“不就是左手手指吗？”

她要传达的信息是，光用右手手指也可以敲键盘——说得没错。光用右手，可以吃饭，可以拿笔写报道，也可以准确地攻击某人的面颊。我当时恨不得用右手给朴季者一记耳光。

“手指怎么能缝合得那么完美呢？真神奇！”

季者前辈和主编带来一捧玫瑰花和一个足有童车大的果篮，递给我后，就轮流欣赏我的手指。

“暂时忘了 Doctor Restaurant 吧！好好休息，再加油工作！”

两个人再次提醒了我 Doctor Restaurant 的事。

电影公司的李美静部长也来过。由于拍照那天的车祸，她的额头和下巴上还贴着创可贴。我们看着对方受伤的额头和手指，无可奈何地笑了。

“报道写得真好！洪哲顺导演不知有多满意呢，听说看报道的时候笑了三次。”

李美静部长手里拿着刊载郑诗莲的时装大片的《A》杂志，笑得很灿烂。

“请跟朋友一起去看吧。如果想看电影，随时跟我联系。”

她走之前，给了我二十张电影预售券。这东西，我随便在办公桌抽屉里一找，就能找出十几张来。手里有那么多预售券，我却想不起什么时候在电影院里好好看过一场电影，这就是连记者试映会都没时间参加的电影记者的悲哀。唉！这就是我所处的现实！

民俊前辈带来了十张DVD，还有寿司、加利福尼亚卷、三明治和鲍鱼粥，甚至还有冰激凌蛋糕和甜甜圈。

“不知道你想吃什么，打电话又怕你在睡觉，发短信又怕你手指不方便。”

他边说边瞥了一眼我缠着绷带的手指。我看着伤指中间鼓起来的绷带，想起提出采访要求却遭到无情拒绝时向对方竖起中指的情景。

“是不是因为我做过‘Fuck you’的手势，这个手指才被切断的？这是不是报应？”

“就当是休息呗。季者前辈就不用说了，我看你也是个地地道道的工作狂。”

“是吗？真的吗？”

此时我才明白一切有多么可笑。其实没什么可哭的，等到解开绷带，手指就会好端端地接上。现在疼痛也消减了很多，在医院里打一针镇痛剂，就可以睡个好觉。这个月的截稿期，似乎也跟这件事一起消失了。

“朴佑振先生怎么说？”

民俊前辈问。

“那个人说自己的手指切断过两次了。”

“真的？”

“凡是厨师，都经历过这个过程吧。”

面对民俊前辈，我冷静地说。

朴佑振直到出院前一天才来看我。

我从正在读的书上抬起头，看着他。

《杂食动物的两难处境》、《饮食革命》、《绿色评论》……都是从网上订购的。过去几年，时间似乎不是以小时或天来计算的，而是整月整月地消失的。现在躺在医院里，时间流动的速度似乎都慢了下来。大量的时间堆积在床上，堆积在窗前。我读书，画线，不是在句子下，而是在我的生活之下，还在几个地方打上了着重号。我需要变化，不是励志书所说的那种革新，而是安静地审视自己内心的时间。

如果说 Doctor Restaurant 是以“文本”刺激了我，朴佑振则是在“现场”为我展现了一个新的世界，那是正直的世界，包含着神圣的汗水。不说别的，我的手指传递的信息就是：

“让时间停下来。向后看看！”

每次看到受伤的手指，总感觉有人在叫我。我常被那声音牵引，感到心中一阵阵酸痛。读书很好，我逐渐理解了那些为了做好人、做善良的人而特意成为素食主义者的人的内心。在病房里平静地回顾过去的我，发现总是存在于心里的两种欲望，这次也毫不例外地纠缠在一起。

身为负责餐饮报道的记者，我为了讲伦理讲道德，就连牛排也不能吃了吗？

对我来说，这总是两难的命题。

被普拉达吸引的目光与想帮助饥饿儿童的心情，这两种相反的欲望该怎样协调呢？

我明明讨厌朴佑振，可为什么又心怀敬畏之情，目光总是追随着他呢？

他显然不具备探视病人应有的礼节——担忧的表情，亲切的慰问，漂亮的鲜花。

他连个手掌大的花盆都没带。

发生事故那天，我最后的记忆就是他的面孔，那仿佛天塌地陷似的表情，跟我什么时候在姐姐脸上见过的一样，凄惨得吓人。可是，他那冷冷的脸上怎么会有担忧和不安呢？当时我看到的，可能是自己内心的恐惧和不安吧。

“看上去气色不错啊！”

他的语气中，根本一点温度都感觉不到。

“挺好的。”

我抬起头看着他，突然想，他会不会从黑色上衣里掏出一个装着补偿金的信封给我，然后马上离开，回他的餐厅去呢？既然他相亲时能不付咖啡钱丢下女方消失，做出这样的事也很有可能。我把脸转开，不再看他。

“出去吃个晚饭吧？”

我不禁又看向他。

“要不看场电影？”

难道因为动了手术，我的听力出问题了？

"喝杯热乎乎的茶，总可以吧？"

果然，这个男人一定是疯了，面对一个在自己的厨房里切断了手指、躺在医院病床上一动也不能动的女人，居然说什么喝茶、看电影、吃晚饭？有这样的人吗？要知道，看电影、吃晚饭之类，是一个正常的男人对正常的女人提出的传统的约会邀请啊！

依我看，他不是正常的。

当然，在其他人看来，大概我也不是正常的。

"手术挺顺利，接合得也很完美，一个星期后就活动自如了。"

"……"

"虽然不舒服，但抗生素还是要打。"

他的语气像医生对病人解释病情似的，接着又看了看点滴瓶，调慢了滴药的速度。

"药得吃一段时间。事先说好了，你不能再进厨房。连握刀的正确方法都不会，如果不是十个手指都不想要了，就请记住我的话！"

我呆呆地看着他的脸。

"多吃点豆制品。如果不喜欢吃，参鸡汤之类的也很好，手术后得多吃点蛋白质丰富的食物。"

"……"

"我给你做点好吃的，走吧！"

"哈……"我干笑一声，"我为什么要跟你一起出去？"

"到这时候，你一定觉得闷了，想出去溜达溜达，不管是跟谁一起。而现在，除了我，没别人邀请你一起出去吧？"

"你是让我私自外出吗？就因为你说想跟我一起吃晚饭？"

他点了点头——坚定地，短促地，明确地。

跟他做的菜式差不多，那也是朴佑振式的。

然而，让我感到难以置信的事发生了。

我像被什么迷住了似的，穿着病号服去了他的餐厅。

他最先端出来的是用文蛤煮的清汤。

“这里不是意大利餐厅吗？”

“生病的人，总会想念家乡的食物。”

“我妈妈听到你这个说法，肯定归为无稽之谈。”

“在意大利的时候住在海边，每次生病，我都做这个喝。你尝尝，立刻会觉得浑身热乎乎的。”

他盯着我，意思是打算看我把这碗汤喝完。我伸手接过厚厚的汤碗，文蛤汤散发出大海的味道。我闭了一下眼睛，感觉自己仿佛披散着长发，迎面吹来六月的海风。我舀了一大勺汤放进嘴里，冷冰冰的心温暖起来，像是在鹅毛大雪纷飞的寒冬把冰冷的双脚伸进了温暖的毯子。

食物真是奇妙的东西。它的奇妙之处像打喷嚏一样，无法隐藏，也藏不住。

好的食物能让人融化憎恶之心。我认为食物具有这样的温度。

像汤这一类能给人安慰的食物更是这样。

人们常说“心灵鸡汤”，如果不是鸡汤，而是牛排，能抚慰心灵吗？没有温度的沙拉或凉菜呢？

就像把石头变成金子的炼金术一样，食物也能对人与人之间的关系施以魔法。男人邀请女人来自己的家，亲自给她做饭吃，女人为男人准备盒饭，这都是因为我们通过从小到大的体验，本能地知道食物的魔力。

我对朴佑振的警惕有所松动了，哪怕只是一时的，一直系到脖子的纽扣也可以松开几个，喘口气了。一喝汤，身体直往外冒汗，几千几万个毛孔似乎“噗——”地一起舒了口气。

“嗯……好喝极了。”

“可以进厨房看看吗？”

我点头。

“先约好了，绝对不能动刀。”

他严肃的表情太好笑了，我扑哧笑出声来。

这个男人一定在汤里放了什么奇怪的药。

“那么握刀可不行。”他一只手拿着刀跟我说，“你拿刀的姿势完全是反的。”

他把刀尖固定在案板上，开始前后活动刀刃。我用刀的方法恰恰相反。我看着他握刀的手，突然发现，就他的体型来说，他的手蛮大的。要控制十几个大灶的人应该有那样的手。尽管如此，他的手还是很修长，指尖没有磨秃，关节也不短不粗，一点也看不出手指曾经被切断两次的痕迹。

看着锅里咕嘟咕嘟沸腾的汤，我放下心来。在他已经战胜的不幸中，我慢慢避开了或许会降临到头上的不幸的阴影。再过一两年，我的手大概也能像他那样随心所欲地活动了。看着正在切红灯笼椒的他，我感觉在无意识地游荡的不安慢慢平息了。

“这样就能把材料切出需要的形状。”

他向我展示正确用刀的方法，然后从拌了黄色透明酱汁的沙拉里捏起一块红灯笼椒放进我嘴里，那就像妈妈的方式，尝味时不用勺子也不用筷子，而是用自己的手。

我舌尖直冒口水，噙在嘴里的口水散发着春的味道。嘴里像是绽开了春天的花，冒出了毛茸茸的嫩绿新芽。

我咬了一口脆生生的红灯笼椒，越嚼越觉得春天甜蜜蜜的后味里藏着其他的味道，那是朴佑振手指的味道，那奇妙的味道里存有感动。

他又捏了一片芝麻菜给我尝。他的手指一放进我嘴里，我就本能地嘬起手指上的酱料来——很温暖，很柔软，性感得令人难以置信。

“嗯……”

我嘴里不由自主地吐出一个长长的感叹词，自己听来却像从很远处传来的声音。我定了定神，看着他的脸问：“这是什么酱汁？”

好不容易找到一个问题，我赶紧藏到了问题背后。

大部分厨师会说“那是厨房的秘密”。酱汁里隐藏着厨房的特性，这个秘密是封印起来的，只传授给继承人。我并没有期待他告诉我答案。

“是名为‘谢谢’和‘对不起’的酱汁。”朴佑振说，“我没想到会搞成那样，是我想得不周到。”

他看着我的手指，说：

“真对不起。”

我吃了一惊，连连后退。

实在无法直视他的脸，我只好把目光投向依然带着温暖气息的厨房。

一切都井井有条。

就像二在一和三之间，十跟在八和九后面一样，菜刀、案板、所有碗碟和调味料的瓶瓶罐罐，全都在该待的地方。除了从某个瞬间开始变得慌乱的我，这里的一切都处于朴佑振这个男人创造的秩序中。我醒悟了，在这一秩序中逆行的人只有我一个，而且，过了这个瞬间，就永远不可能把我的真心纳入其中了。如果现在避而不谈困扰我许久的那个问题，跟这个男人的恶缘就会持续下去。

“那时为什么那么做？”

“……”

“老人们安排的那次见面，你什么都没说就消失了。我们再次见面居然是七年后，你有没有感到吃惊？”

时间不是直线流动的，而是像小时候坐的旋转木马一样，总在绕圈。

人的记忆并不总是按过去、现在和将来依次排列。有时彼此覆盖，彼此渗透，让人难以分清哪些是过去，哪些是现在，哪些是将来。

忘不掉十三年前的事故的女人，也不可能摆脱七年前的记忆。

像我，每次经过圣水大桥，都能清晰地看出桥板曾断过，仿佛那是透明的玻璃。我这样的人，怎么会把此时此刻仅仅当作“现在”呢？对于一个为逃离过去而对现在的生活付出百倍热情的人，没有比唤起想忘却的过去更痛苦的了。

但此时此刻，我和想抹去的七年前的那一天碰面了。我似乎才领悟到，为了现在的生活，必须和想忘却的过去和解。于是，我滑入了七年前的那一天。

“我又回饭店了，那天，回到跟你见面的饭店。”

朴佑振面色淡淡地看着我。

“……”

“出了个小事故。”

他突然停了下来。他说的或许就是恩英提过的那个医疗事故。

“什么事故？是医疗事故吗？”

他凝视着我，那凝重的目光压得我的心都嘎吱响了，似乎又感觉到了手指的疼痛。他没有回答，而是看着我的手指，自言自语似的说：

“你在饭店门前哭，身边站着一个男人，所以我没法过去找你。”

“男人？”

朴佑振看到的男人是季者前辈的前夫。

七年前，朴佑振看到了站在饭店门前哭泣的我！我的呼吸变得急促起来。但是，谁都不可能把时间倒回原处，我们已经走得太远了。

我看着朴佑振。或许这七年，我一直误解了这个男人。或许那天在饭店里，不是朴佑振为避开我而逃走，而是我那受过伤害的潜意识不愿接受这个男人，故意看不到他。

朴佑振靠近我，近到我的脸能感觉到他喷出来的气息。我吃惊地向后退，但退到墙边就无处可逃了。

“那天是我误会了吗？是吗？”

他急切地问。

“Doctor Restaurant，你知道 Doctor Restaurant 的事吗？”

我又把自己藏到了问题背后，突然害怕一切事实，尤其害怕几年来累积的坚不可摧的误解一下子坍塌。

“他就要来你的餐厅了。肯定！”

我慌忙向他吐露了一个秘密。

朴佑振紧盯着我，几秒钟的沉默漫长得让人难以忍受。

“别担心，Doctor Restaurant 已经来过了。”

他似乎恢复了平静，嘴角挂着谜一样的微笑。

Doctor Restaurant

1

我误会了朴佑振七年。

当然不是说现在就理解他了。

七年前，他如果回过饭店，就该给我打电话或者发短信——就算不在当天，就算不是对我，也可以把真心话告诉谁，不，应该说他有这样的义务。但他什么都没有做。就算误会我身边的男人是我的恋人，他的行为也是卑怯的，是没有绅士风度的。尤其是连自己的咖啡钱都没付，这种无礼不可饶恕。

不过，在理解和误解两个领域之间往返，我观察他时有了新的视角。

那对我来说，真是惊人的发现。

星期五，我订了两张星期天的电影票。

我想再跟朴佑振见面。

我想偷取他对厨艺的热情和看法、对美食评论的见解，想记录下他处理材料的方式、对待食物的态度，以及经营餐馆的理念。

最重要的是，朴佑振是厨师。

我确信Doctor Restaurant是专业厨师出身。

我原来猜想Doctor Restaurant会去朴佑振的餐厅，那是完全错误的。

因为，他就是Doctor Restaurant！

“你真那么想吗？”

恩英手里拿着衬衫，瞪大眼睛看着我。

“你说朴佑振是Doctor Restaurant？”

“我认为是。”

“瑞贞，这个怎么样？”

恩英举起拉夫·西蒙斯设计的完美的白衬衫问我。她已经被不存在Doctor Restaurant的购物世界迷住了，看上去被迷掉了魂，

我的朋友崔恩英爱衣服胜过爱男人，她比我更适合当时尚杂志的编辑，但说编辑薪水太低，毫不犹豫地进了广告公司。

几天前恩英就叫我一起去购物，因为得到消息说她喜欢的设计师品牌有新品上市。她往返于安·迪穆拉米斯特和巴黎世家之间，忙于冲动地挑选衣服，无暇旁顾。

恩英总在看白衬衫。那么帅的衬衫，她到底想买给谁呢？

“你不觉得迷人吗？胳膊腿都长，穿这个应该很合适吧？”

对了，那种衬衫，朴佑振穿应该很合适。我心里乱糟糟的。看到衣架上挂得满满的修身牛仔裤，我更难受了。体重又增加了，艾迪·斯理曼离我越来越远，而下个月的截稿期越来越近。

最终，恩英买了两件衬衫。

“朴佑振真的是 Doctor Restaurant 吗？”

结束购物后吃饭时，恩英又想起了关于 Doctor Restaurant 的话题。她正从手提包里拿出自带的湿巾仔仔细细地擦拭双手，对餐厅提供的湿毛巾不屑一顾。

“暂时这么认为，也许不是。”

“那个男人真的是 Doctor Restaurant 吗？”

“我正在调查。不过从我掌握的情报来看，应该没错。”

“那么说，他是医生、厨师，还写一手好文章？朴佑振是多才多艺的文艺复兴式人物吗？”

恩英脸上写满惊异。

“还有一件事。”我把豆腐汤里的鸡蛋夹出来，放在饭上，对恩英说，“朴佑振说，相亲那天他又回饭店了，看到我在门厅里哭，但把季者前辈的丈夫误认为我的男朋友了。”

“不会吧，你信吗？”

“……”

“太明显了，这肯定是那男人的借口。他可真没想象力！”

恩英马上露出一脸嘲讽的表情，听语气，她不愿意我继续和朴佑振扯上关系。看到恩英身边的购物袋，我的心更乱了。恩英有多喜欢朴佑振，我们从来都没有开诚布公地谈过，或许都在尽力避免那个话题吧。桌子上咕嘟咕嘟沸腾的豆腐汤令我想起 ABOUT 那热火朝天的厨房，虽然不愿承认，但实际上，我确实对朴佑振产生了异样的感情。

“我有很多电影票预售券，你要不要？”

我从手袋里掏出预售券，递给恩英，没跟她说我正打算用那些预售券跟朴佑振去看电影。

2

“李瑞贞，你是天才！”

主编的笑声回荡在会议室里。

“到底是谁？”

主编忍不住好奇心，追问道。包括民俊前辈在内的人都把目光集中在我的脸上。

“还不能说，要再确定一下。”

“什么？没必要确定，就说说你认为是谁吧！”

季者前辈面无表情地盯着我说。

“真的找到了吗？”

韩智仙照例阴阳怪气地问。

“你没听到吗？明明说是了！”

旁边的韩在石力挺我，插了一句。会议室里的气氛瞬间变了，所有人的目光都在他和韩智仙之间穿梭。

“是男的还是女的？就说说这个吧！”

季者前辈坚持要我说。

“请再等等，确定了自然会说，现在离截稿还有不少时间呢。我去采访了。”

我匆忙离开会议室。

为了与Doctor Restaurant的决战，需要做好准备。

没时间了。

晚上十点睡，早上七点起床。

没有做梦，也没有吃头痛药。

一切都色彩鲜明的一天。

我涂了新买的唇膏，穿上风衣，系了一条黑色的腰带，把MP3放进包里，最后在耳后喷了香水。这款香水是去巴黎出差时买的“斐德瑞克－马卢”，会带给我幸运。当时，那里的职员一边递给我盛在水晶容器里的香水，一边用带着浓重法语腔的英语说：

“女士，请只在告白爱情或挖掘秘密的时候用它，因为这款香水隐藏着魔法的力量。”

现在，我需要使用魔法。

3

周日晚上十点三十分。

《蜘蛛侠Ⅲ》。

在第一部里，主角彼得·帕克没能告诉任何人自己是蜘蛛侠，因为这个秘密太大了，他怕在社会上引起巨大反响。数年后，在第二部里，他才只对一个人说出这个隐藏已久的秘密：他的爱人玛丽·珍。无论是谁，说出秘密都需要很多时间，朴佑振最终也会说出他的秘密。

对谁说？当然是我。

在电影院前面，朴佑振在读宣传册。

我的 Doctor Restaurant 就站在那里。

人来人往的电影院门前突然一片寂静，喧闹的噪音似乎一下子被关闭。在那沉默似的寂静中，我能清晰地听到自己的声音。即使完全不认识这个男人，我经过那里也会停下来回头看他。我的目光不由自主地驻留在他身上，他身上似乎有种来历不明的东西，让我毫无道理地陷入爱情，或许那就是科学家或社会学家说的“荷尔蒙搞的鬼”或“缘分天注定”之类的。

在我眼里，他似乎闪耀着某种光芒。

那是不可自拔地陷入爱河的女人在某个瞬间才能看到的东西。

他看上去和那些要靠名牌来证明自身价值的悲惨的人不一样。即使不挽起衬衫袖子展示手腕上戴的法兰克·穆勒名表，不带着镶有爱马仕标志的钱包，朴佑振也魅力四射。

像《傲慢与偏见》里的伊丽莎白·班奈特看达西一样，我看朴佑振时总是带着偏见，因此感觉他个子高得发傻，肌肉太健壮，挑选的衣服表明他太爱慕虚荣……其实，这个男人在生活中并不考虑多余的装饰。我见过无数愚蠢的男人，在自己的身外之物上镶钻嵌玉，他显然不是那类人。

他拥有的肌肉是通过体力劳动自然而然练出的。他举起的东西不是健身俱乐部的杠铃或其他器械，而是沉甸甸的卷心菜筐或肉块。他的身体呈现出的活力与生机，正是日常劳动的结果。他的感人之处，也正是繁重的劳动带来的纯粹。同时，他又思维敏捷、知性十足。这个男人在各方面都那么突出，令人吃惊。

远远地，他发现了我，走了过来。

我紧紧握住拳头，心怦怦直跳。

尽管是星期天晚上，电影院里还是坐满了人。

在黑暗的空间里，跟他紧挨着坐在一起，心情很微妙。

“我是《蜘蛛侠》的影迷，第一部和第二部都看了三遍。我喜欢萨姆·雷米导演。说实话，《蜘蛛侠》不如他早期的《鬼玩人》、《变形黑侠》等片子色彩鲜明，但我只要看到人在天空中飞来飞去，就高兴得不得了。我喜欢所有超级英雄，蝙蝠侠，蜘蛛侠，超人……当然也包括 Zola man[①]。哈哈哈……”

我的缺点是一紧张嘴就停不下来，说个没完，早该买袋爆米花堵上嘴巴。此时我心跳加速，不由自主，只好翻看手里的宣传册。

“我记得你好像在报道里把‘贝多芬’写成‘蝙蝠侠’了？”

“啊？”

“是因为太喜欢蝙蝠侠了，才会出这个错吧？”

朴佑振直视着我的脸，促狭地笑。我感觉脸上一阵热。这时大屏幕上开始播放安全套广告，四处传来人们的嬉笑声。我瞥了一眼朴佑振，他一派悠闲自得。我告诫自己尽快镇定下来，今天约他出来可不是约会，而是采访。我必须压制内心的激动，慢慢引出 Doctor Restaurant 的话题。况且，电影马上就要开始了。

“这是我们的座位。”

一个男人站在我身边说。

“这里明明是我们的座位。”

我感觉不可思议。

安全套广告又放了一遍，开始放预告片。

“说什么呢，这里是我们的座位。”

男人看了看自己的票，又要我拿出票来核对一下。虽然不情

---

① Zola man，韩国的电脑动画人物。

愿，我还是从包里掏出票，仔细看了看座位号，一点没错。

“你看，十点半，D 排五十六号，对吧？”

我像给上幼儿园的侄子说明一样，把票上的字给那个男人念了一遍。因为电影票是我定的，我要为座位负责，而且看这场电影并非约会。

“这里写着上午十点半吧？”男人颇感荒唐地指点着我的电影票，“您这是上午十点半的票嘛，而现在是晚上十点半！”

男人身边的女人用宣传册掩着嘴哧哧笑起来，紧接着，那个男人也晃着手里的宣传册哈哈大笑。一时间我产生了幻听，似乎整个电影院的人都在捧腹大笑。

其中，朴佑振的笑声最大。

我坐在蚕院洞汉江市民公园里，眺望着漫水桥上来来往往的车辆。

要是下雨就好了。

那样的话，桥就会被淹没，我和整个汉江公园也会被淹在水里，该有多好！

“我想问你关于 Doctor Restaurant 的事。”

一想到这个人，我就感觉喉咙沙哑，鼻子发堵，呼吸都困难。揭露Doctor Restaurant的真面目？含费洛蒙的香水？在眼泪面前，全都毫无作用。

“我本来不爱哭。别误会！我是很坚强的人，就像不管孤独还是悲伤都不掉眼泪的小甜甜，所以现在……我是因为讨厌才哭的，就是说，正在彻底反省自己为什么这么傻。求你了，快走吧！”

“……”

“别担心！我不会跳汉江自杀。”

“我不担心，知道你擅长游泳。”

我瞪着哭红的眼睛看着他。擅长游泳？这个男人到底对我了解多少？

我抬手擦眼泪。朴佑振递给我一块手绢，我接过来擤了擤鼻涕。此时的我，自尊心已经扑通一声掉到汉江里淹死了。

“手绢我会还你的。这条弄脏了，我一定买条新的给你，一模一样的。”

他盯着我看了一会儿，又抽出几张纸巾递过来。我没想到自己会因为《蜘蛛侠Ⅲ》哭成这样。此时，为自己的真实身份苦恼的不是电影里的蜘蛛侠，而是我李瑞贞。

“你想知道什么，我可以告诉你。”

朴佑振说。

我擤完鼻涕，呆呆地看着他。

“你猜错了。先喝口水吧。”朴佑振递给我一瓶矿泉水，“我不是你要找的 Doctor Restaurant。”

“不是？”

他略作沉吟，目光投向汉江。

“不幸的是，你似乎对我有太多误会。”

“你不是说他来过你的餐厅吗？”

“肯定来过。在餐厅里干久了，就会产生一种直觉，来了特别的客人能感觉到。不过，对我来说重要的不是 Doctor Restaurant 来过与否，而是我的食物总以最佳状态供应的自信心。其实不管 Doctor Restaurant 来过没有，都跟我没什么关系。”

或许对朴佑振是那样的，但对我来说，Doctor Restaurant 真的很重要。我摸了摸脖子，肿得很厉害，嗓子疼得一句话也说不出来。

“我觉得你找的Doctor Restaurant是个喜欢游戏的人。如果遇到他，你该做的第一件事是把游戏规则变得对自己有利。”

我看着他。

“嗓子很疼吧？最好喝点茶，我家里正好有从中国云南带回来的普洱茶。”

朴佑振向我伸出手。

我默默地看了他一会儿，握住了他的手。

那只手……温暖得惊人。

4

睁开眼，我看到天花板上有一架吊扇在缓缓转动。

阳光洒在被子上。我头痛欲裂。

昨晚似乎喝了几杯红酒，很快就醉了，记忆变得模糊不清。我感觉嗓子和屁股都很疼，再摸摸脖子，扁桃体肿得很大。枕头边上有几根带着毛根、自然鬈曲的黑色毛发。我把手举起来看了看，指甲缝里有红色的血迹，再照照镜子，脖子和手腕上散布着不是很清晰的紫红色吻痕。

唉……

我叹了口气。

这都是昨晚残留下来的痕迹。

"我突然感觉特别伤心。"

坐在朴佑振家的沙发上，喝着普洱茶，我也说不清楚为什么吐出这样一句话，还伴着一声叹息。当时恰好响起宣告凌晨一点的钟声。

过去三十一年间那些痛苦的回忆在向我招手。

我想起九岁时的事。那是在镜浦台海水浴场，我把妈妈和姐姐都丢了，独自坐在海边派出所破烂不堪的深褐色沙发上等了一个小时。派出所里空无一人，我心里充满恐惧，连哭都不敢哭，只是眼睛眨也不眨地盯着门口。

直到标有"龙津商会"字样的挂钟"当当当"敲了三声，妈妈才跑来。她狠狠地打了我的屁股几下，责问我：

"不是叫你不要到处乱跑吗？不是叫你就在那里玩吗？"

妈妈心有余悸地哭起来，我挨了打也难过得哭了，最后，连手拉手默默站在旁边的两个姐姐也放声大哭。其实我只是在海边游泳玩耍，但不知什么时候，波涛把我带到了一个陌生的地方。

不是我乱跑，是波涛把我推到远处的。

我是个特别胆小的孩子，绝对不会乱跑，一步也不会。

不是因为连"上午"和"晚上"都弄不清，毛手毛脚像个傻瓜，感觉太丢脸了，而是不明来由的、类似委屈的情感在翻涌，一直涌上喉咙。波涛呀，怎么办？波涛呀，怎么办……有个诗人这么吟唱过吧？

不是我自己走的，而是二十几年前的波涛总把我往前推，推向了陌生的地方。

朴佑振走近我，擦去我脸上的泪水。我或许是贪恋面颊上的那点温暖，整个人都靠在他肩上失声痛哭。

那时的我，不是我，或许是过去的某个人……

我担心一闭上眼他就会消失，于是瞪大眼睛把他的脸仔细端详了个够。这个男人的双眼是如何凝视着我的，亲吻时他嘴里吐出的是什么话，我想把一切都记到体内。此时此刻，我恨不得化为温暖的食物，被他的身体消化、吸收。

我们不停地温存，直到东方既白，似乎要把七年间失去的全补回来。

“我爱你。”

那句话是从我嘴里还是从他嘴里说出来的，抑或是从一直开着的收音机里流淌出来的，完全不记得了。只是当快感像波涛一样从头到脚占据身体时，我把指甲掐进了他的后背，像是刻印下我的存在，又仿佛宣示我不愿再错过他的决心。

朴佑振睡得像个温顺的孩子，轻声打着呼噜，露出后背的伤痕。我实在不忍心叫醒疲倦的他。

我心中悚然一惊。一个事实摆在眼前。

在电影院里连看两次安全套广告的日子，我却忘了用安全套。

我和最好的朋友恩英喜欢的男人做爱了。

这时，我才真的从梦里醒过来。

误会冰释

1

56 公斤。

一切又回来了。

体重也好，信用卡还款期也好，修身牛仔裤体验记的截稿日也好，都回来了。

我又站到体重秤上。

56.2 公斤。

深呼吸之后，增加了 0.2 公斤。

难道一次吸气会有 0.2 公斤重吗？不会是……

我肚子里有了 0.2 公斤的胎儿了？

我拿起放在床上的修身牛仔裤。离截稿只有两天了，我把裤子硬套到身上，拉链连一半都拉不上，屁股像要崩开似的，横向密布着褶皱。我全身都在强烈抵制这件衣服。

我照了一会儿镜子，又看了看写了一半的“一桌餐馆”报道的最后一行。

“意大利餐馆‘ABOUT’，没有停车场，不接受预约。”

无论谁看到这行字，都会觉得这个餐厅最大的特点是“不方便”。

我突然感觉穿着修身牛仔裤闷得无法忍受，但脱也不容易，弹性很好的牛仔布似乎紧紧吸在皮肤上。

做爱以后，男人一般过多久会给女人打电话呢？

几年前我似乎写过类似题目的报道，但记不清内容了。记得清楚的是关于早孕试纸并不是百分之百准确的报道。此时，我需要的不是百分之九十九的可能性，而是百分之百的确诊。我预约了妇科大夫，大夫说至少要一个星期后才能确定怀孕与否。

一个星期？

我心情复杂地再次站到体重秤上。

56 公斤。

瞬间，那 0.2 公斤消失得无影无踪，不复存在。

一切都像谎言。

身在职场的人最害怕的瞬间是什么呢？可能是不得不坦白自己无能那一刻。但即便是那个瞬间，也依然有辩解的欲望：要是再给点时间，要是领导的支持再充分些，要是当时没有发生那样的事……

深夜，我坐在办公室里写修身牛仔裤体验记，这篇报道是否会刊登在下个月的杂志上，我不知道。

“把衣柜里的修身牛仔裤烧掉吧！”

你的身体是正常的，现在的时装设计是错误的。修身牛仔裤是为了把你变成欲壑难填的患者，让你买更多的美容商品，这只是生意人在二十世纪的发明而已……

写完最后一个字，刚好十一点。

我敲开了主编室的门，把准备好的信封放到主编的桌子上。

“你知道这是第四次了吗？”

一般人或许会在这种凛然的目光下退缩，但我拥有由经验得出的教训，总是坦然以对。

“我知道。”

“就算你又想回来，我也不会再接收你了，这一点你很清楚吧？”

“对。”

“什么理由？”

“我发现自己很无能，不适合这个工作。”

“是因为Doctor Restaurant吗？”

“不只是因为那个。我经常跟季者前辈发生冲突，整天跟在石打架也烦了，对自己每次都气喘吁吁地度过截稿期也感到失望。”

“你知道这是在对我唧唧歪歪吧？”

“就算您这么说也没办法。我要辞职！”

“瑞贞啊！我的瑞贞！”

主编突然像喊女儿一样亲热地喊起我的名字来。这是她使用的欺骗手段。强大的上司惯用的温柔战略，是为了最大限度地激发下属的能力。但是，我是即将没电的手机，尽管电量显示还有一格，但已经亮起红灯了。

“我不清楚你面临什么问题，但好好想想吧！这次离开的话，你就永远进不了这个门了，这里连你的影子都不会接受！”

“……”

“如果是因为年薪的问题，我可以想办法。升为首席记者的问题也可以商量，今年本来应该升你做首席的，我知道，是我拖得太久了。”

问题的本质不在于晋升与否，只是我想做回自己。我决定对主编说出七年间从未对她说过的话。

“一直以来，我总是只着眼于现在，忠实于自己的欲望，因为相信穿昂贵的套装和完美的皮鞋是必要的，相信二十一世纪真正的艺术家不是画家或小说家，而是时装设计师和摄影师。可是，为什么他们非要设计制作人们无法理解、无法接受、穿起来不舒服的衣服呢？我曾经相信自己理解这一点，才能坚持到今天。”

“我明白。”

“不，主编您不明白。看我现在的样子，修身牛仔裤之类的衣服根本不适合我，我却得为它辩护，说那是最了不起的时尚潮流。为了联系一个演员的采访，我得花上整个过程三分之二的时间，真正写报道却连三个小时都没有。我说该招聘一名专门负责联系的记者，您认为我是开玩笑吗？我常常觉得自己成了电话销售员。为了进这里，拼命学习，拼命工作，结果我的专业却变成了接受拒绝。”

“瑞贞啊，那个……”

“何止如此，因为拍摄时装大片很困难，就翻看各种外国杂志，照搬人家的图像。您可能会说，不光你是那样的，但我对自己实在太失望了，无法忍受了，也不愿意再因为一篇报道跟季者前辈斗争了。我是不合格者。主编，我还不知道Doctor Restaurant是男是女哪！”

“你绝对不能离开。”

主编断然摇头。

“主编！”

“再考虑考虑吧！你打算一辈子不再见我吗？”

“我已经决定了。”

“两天前，季者递了辞职信。”

主编从抽屉里掏出一个白色信封。

辞职信。

那三个字的确是季者前辈的笔迹。

2

季者前辈递了辞职信的消息，两天就传得尽人皆知。

季者前辈不愧为时尚界的热门话题制造者，很快就有传言说，不是朴季者主动递了辞职信，而是主编逼得她不得不递。朴季者要辞职这件事，在杂志社里刮起了一场猛烈的传言旋风，其中一种有力的说法认为，新杂志创刊就需要新的团队，社长已经内定了朴季者担任新杂志的主编。

同时传来了坏消息。

据说社长买了新的出版许可证，同时计划把旗下经营状况不佳的杂志卖掉，已经有几份转让给了梦想建立传媒集团的其他企业，甚至具体到说某企业是最有力的候选者。

“还听说《A》杂志以五十亿韩元的价格卖给了T集团。”

恩英又告诉我一个悲剧性的消息。

“你知道T集团提出的接手要求是什么吗？说是包括金慧淑主

编在内，现在所有的编辑人员都要裁掉，重新安排新的编辑团队，说是要组建符合自己口味的阵容。如果这是真的，你也没必要非得现在辞职了，反正要被辞退。”

“《A》杂志要卖掉的消息已经传了三年了，就没断过。”

“这次说得太具体了。”

“一直是这样，我不担心。”

实际上，因为这件事，我好几天没睡好觉了。我的辞职信没被受理，当场被撕毁了。主编处境困难，我充分理解，但我呢？我的人生呢？主编说给我一个星期时间，跟妇科大夫说的一样。

我再三思索自己到底应该做什么，应该守护什么，最终还是跟随心的指引，决定对曾三次挽留我的主编尽义气。没了季者前辈，专题部不可能顺利运转，如果连我也辞职了，《A》杂志的专题部一定会陷入混乱状态。

“最近心里乱糟糟的。这话只对你说，有家新创刊的杂志邀请我去当销售理事，可你知道条件是什么吗？要把我现在的广告客户全部带过去。你说是不是疯了？市场的情况显而易见，为什么他们还争着抢着创刊呢？”

恩英叹了口气。

杂志市场已经处于饱和状态了，这谁都知道。我也十分清楚，很多人买杂志，不是看我们熬几天几夜费尽心血制作的大片或报道，而是为了附赠的伊丽莎白·雅顿或芭比·布朗等名牌化妆品的试用装。杂志市场被扭曲了，竞争越激烈，工作引发的矛盾就越尖锐，劳动强度就越大。但是，《A》杂志毕竟是我工作了八年的地方。

谁活着都会质疑自己做的事情：这么做正确吗？这种生活真

的有意义吗？时尚杂志记者使用的“Chic（时尚）”、“Edge（个性）”、“IT Bag（一定要拥有的包）”、“Must-have-item（必备单品）”等与日常生活完全没关系的外语到底有什么意义？对那些认为时尚杂志只不过是刊登名牌广告的大酱女杂志的人，就算给他们看费尽周折完成的小说家保罗·奥斯特和萨尔曼·拉什迪的长达十页的采访报道，他们会相信其真实性吗？

像stiletto和pumps之类的词都是指皮鞋的种类，而我周围很多人以为pumps是“水泵，气泵”的意思①。他们把指坡跟鞋的“Wedge Heel”当成西部片的名字，把指十五厘米以上高跟鞋的“Kill Heel”当成对昆汀·塔伦蒂诺导演的电影《Kill Bill（杀死比尔）》的模仿。

过去我也曾经把Chic听成Sick（生病的），问人家哪里不舒服。我跟他们又有什么不同呢？

但是，也有一些人看了我编的杂志，做了美梦，得到了安慰。还有一些人认为，世界上绝非仅有一种“格子花纹”，而是有“苏格兰格”、“菱形格”等几十种不同的格子花纹，这一事实很重要。就像世界上存在多种色彩一样，也存在不同形态的裙子和裤子。在某些人眼中白衬衫是千篇一律的，而在另一些人眼中白衬衫也是千姿百态的。

翻看杂志独具匠心的摄影或生动的报道之后，有人坚定了当时装设计师的希望，有人产生了成为记者的理想。我所做的就是贩卖细节和梦想，制作全新诠释大师们的设计的时装大片，模仿

---

① 上文中的stiletto指细高跟女鞋；pumps指无带浅口轻便女鞋，易与指水泵、气泵的pump混淆。

电影的某个场面拍摄照片，写作深入艺术家和演员内心世界的采访报道。除此之外，还要求什么呢？

让人心烦的传言总也不肯平息。

韩在石似乎在联系其他杂志社。他不写稿子，而是用心修改自己的简历，被我撞见不止一次了。朴季者的辞职信对每个人都产生了不同的后坐力。办公室里有一种心照不宣的默契，认为季者前辈既然递了辞职信，一定安排好后路了。

头疼，提前下班回家了。

想吃新鲜的水果，我走进厨房，打开冰箱，恰好有恩英买来的芒果。

"对了，我昨天在家乐丽雅百货看到朴佑振了。"

恩英喝着果汁对我说。

我的心猛地一沉，但还是尽量装作若无其事的样子问：

"朴佑振？"

虽然声音包装得没什么感情色彩，但表情没能掩饰住。

"有什么可吃惊的？他呀，在卡地亚专柜挑戒指。"

"戒指？"

恩英点点头。

"看样子是要求婚，要不就是要跟谁交往。"

"崔恩英！你怎么跟没事人似的？"

恩英耸了耸肩。

"难道我非得吃惊吗？"

"你不是都给朴佑振买了拉夫·西蒙斯的衬衫了吗？"

“你说什么哪？”

“衬衫！白衬衫！”

恩英笑起来。

“你又开始编剧情了，我什么时候说那是给朴佑振的？”

我瞪着恩英：

“你不是说喜欢他嘛！”

“我什么时候认真说喜欢他了？只是说他这个人值得考虑。”

我回想几天前的事，仔细想来，恩英确实没亲口告诉我那两件衬衫是买给朴佑振的。

“那你买衬衫送给谁？”

我想知道衬衫的主人。我必须确认那个男人不是朴佑振。

“我的私事必须一一向你汇报吗？”

“当然了，我们是朋友嘛。”

恩英笑着把我手里的芒果夺走了。

“瑞贞啊！我知道你也有瞒着我的事。关键的东西总是保密的。不过，我不埋怨你，因为那是你宝贵的隐私。对不对，朋友？”

“……”

“我再告诉你一个消息好不好？可能你听了会晕过去。”恩英拿着芒果，靠在洗碗池边上，眼睛看着我，“据说，朴佑振喜欢的另有其人。”

恩英漫不经心地笑着，不愧为手袋里总是装着几条新鲜消息的人。我留心查看恩英的表情：传闻会不会说我喜欢朴佑振呢？

“据说朴佑振喜欢金民俊。”

“什么？”

我差点把手里的刀扔出去。

“干吗那么吃惊？朴佑振是同性恋，还是你告诉我的呢！”恩英从我手里拿过刀削芒果，继续说，“刚开始，我确实被朴佑振吸引了，他人长得帅，又有能力，又懂情调。可是，我怎么都绕不过你这一关。跟你有过关系的男人，我插足实在不合适。你妈妈不一直很喜欢那个男人嘛。”

“……”

“我买的白衬衫是给别人的，是在我现在学做菜的烹饪工作室工作的一个男人，以后介绍你认识。见到那个男人你大概会吃一惊，因为他太矮，长得太难看了。哈哈哈！”恩英咬了一口芒果，“你吃吃看，这些济州岛芒果是那个男人买给我的。哈哈哈！”

像傻子一样总是发笑不是因为别的，像丢了魂似的不分时间地点哭泣也不是因为别的——毫无疑问，恩英恋爱了，那不是带来不幸的复杂的爱情，而是带来幸福的愉悦的爱情。

毫无疑问。

听到那像芒果一样甜爽的笑声，谁都会这样想。

3

又过了两天。

朴佑振给我打了三次电话。

我一次都没接。

在杂志社里遇到民俊前辈，也无法直视他的脸。

我一直认为，对金民俊，我比谁都了解。当然，他很敏感，有女性气质，关于女人怎样拎包、怎样背包、以什么方式系围巾、怎样戴帽子……他能一口气写十页A4纸的时尚评论。但是，那是在时尚界工作的男人共同的特点，他们几乎都有因此被怀疑是同性恋的经历。比起别的地方，时尚界本来就活跃着更多能干的同性恋，但在当事者公开表明性取向之前，谁都无法断言真实情况是怎样的。

如果恩英所说的传言属实，那我就成了跟两个同性恋同时扯上关系的人了，最糟糕的情况是——或许会怀上这对同性恋爱人的孩子。

几个晚上辗转反侧、左思右想，我突然想到，他们会不会因为不能生孩子而利用我呢？也就是说，他们需要的是健康女人的卵子，我不过是他们选定的卵子提供者。

不可能！

我从床上猛地坐起来。秒针的滴答声像是爬遍了整个房间。或许现在我的卵子正在温暖的子宫里制造新生命，我觉得自己快要崩溃了。

我实在无法当面问民俊前辈，只能逼问传闻的来源韩在石。

“你是从哪儿听说朴佑振是同性恋的？”

“问这个干吗？”

“五秒钟内不回答的话，我马上就去告诉主编你正阴谋跳槽，你看着办吧！你以为我干不出来吗？”

我瞪着韩在石。

“是听安德鲁·董说的。上次我去参加轩尼诗的活动，朴佑振跟安德鲁说话的时候，我听到的。”

该死！如果是安德鲁·董说的，属实的可能性很大，尽管他口没遮拦，但消息还是很灵通的。我立刻给安德鲁·董打了个电话，他的手机关机了，我又给他纽约的家里打了电话，但没人接。

我砰的一声用力挂掉电话。

跟妇科约的时间越来越近了。

“有什么事吗？”民俊前辈恰好经过，一脸担忧地望着我，“联系采访不顺利吗？要不要我帮忙？”

“没什么事，前辈，别担心！哈哈哈！”

让他别担心什么呢？

讨厌也好，烦恼也好，我总是假笑，已经成习惯了。现在这种笑像自动售货机的咖啡似的，只要摁一下钮就能出来。

我盯着民俊前辈的背影看了很久。仔细回想，确实有几件事很可疑：在饭店里跟朴佑振碰面的时候，民俊前辈惊慌的神色历历在目；我去朴佑振的餐厅时，亲眼见到他们在严肃地谈着什么。更能说明问题的是，我对金民俊转述朴佑振是同性恋的传言时，他甚至冷漠以对。

“别那么说我的男人！”

向来彬彬有礼的金民俊是在用冷冷的表情这样警告我吗？

越想越乱。是我的想象力太丰富了吗？

我开始等朴佑振打电话了，电话却不肯来，但现在我不能只是坐等。

“出去取材吗？”刚结束采访回来的季者前辈见我拿起包，问道，“去哪儿？”

“ABOUT。”

“这样啊！好好干，李瑞贞，加油！”

她轻轻拍了拍我的后背，以示鼓励。这是发生在一瞬间的事。我抬头看着季者前辈，干笑了两声。自从递了辞职信，她突然变得亲切起来，让我很不习惯。

关电脑前，我查了一下电子邮件，电影公司说好要给我发重要图片的，说下午三点前会发，但还没收到。我进入网上硬盘又查了一次，仍然没有，还得再写邮件催他们。我觉得很烦，但打开邮箱后，却发现飞来了意想不到的福音。

那是我祈求了又祈求的。

那是 Doctor Restaurant 的回信。

八月二十三日，ABOUT 餐厅，晚上七点整。

他想见我。

我的 Doctor Restaurant。

4

去朴佑振的餐厅的路并不陌生。

走在这条熟悉的路上，我想了很多发生在自己身上的事。

这儿是个像岛屿一样孤立的地方。地铁和公共汽车都不到。

正如地铁二号线的“首尔大学入口站”不是首尔大学入口一样，七号线的“清潭站”也不是真正的清潭洞。

人们命名的东西中，实际上名不副实的有多少呢？眼睛所见并非全部，这种事人们一辈子又会遇到多少次呢？

在清潭站下车后，为了去真正的清潭洞，必须打出租车或走半个多小时。当我气喘吁吁地站在 ABOUT 门前时，代客泊车的大叔一个劲儿盯着我看，似乎第一次见到有人走路来这里，好像要逼我交出根本就没有的汽车钥匙。我朝他笑了笑，把最后的一点亲切掏出来给了他，便收拾好到处乱跑的心情。

没时间绕圈子或说客套话了，我想尽快听到想听的话。如果不让那个人亲口说出真相，我就只能在云里雾里乱猜。为什么我一直不肯正视这一点呢？索性单刀直入地问吧，这可能是Doctor Restaurant给我的勇气。

“朴佑振先生是同性恋吗？”

“你说我是同性恋？”

他瞪着我，表情有点发蒙，但随即大声笑起来。感到慌乱的反倒是我。

“我听韩在石说的。”

“什么？”

“对不起，请一定回答我！”

“那个叫韩在石的记者写的报道，我只记得一篇，关于摩托车的。”

“……”

“通篇都是不满，说为什么韩国的高速公路不为摩托车族单开一条道，诸如此类，内容完全是强词夺理。”

“朴佑振先生！”

虽说韩在石的确不懂事，特长就是怨天尤人，但朴佑振那么说他，我还是不快。

“我对你提出了问题，现在轮到你回答了，知道吗？”

“那个叫韩在石的，是不是同性恋？”

“你觉得我是在开玩笑吗？”

“那位老兄想来英语非常差，我敢保证。”

韩在石除了助词，张口闭口都是英语，但实际上连一个完整的标准句子都说不出，这是众所周知的。但是，现在我想知道朴佑振究竟是不是同性恋，到底是不是喜欢金民俊，这是很严肃的事，因为我必须弄清他对我的感情。

“千万别再开玩笑了！我知道这是个人隐私，但这个问题也涉及我，所以请你一定回答！明白了吗？”

“我的名字是‘Gale’。”

朴佑振正色道。

“什么？”

“我的英文名字叫Gale，你不知道我的话是什么意思吗？”

“你的话，我一点也听不懂。”

还没开始说正题呢，但我身上似乎一点劲儿都没了。想理清思路，我特意走路来的，累得双颊红红的，总也褪不去。

“对不起，能喝口水吗？”我拉了把椅子坐下。

朴佑振盯着我看了一会儿，拿来一个大玻璃杯，水上飘着切碎的柠檬，散发出清爽的柠檬香。我喝了口水，缓过神来：刚才我太激动了。看着朴佑振，我注意到他此刻的表情——满脸困惑！

“这么说，那天你们用了英语交谈？”

朴佑振点了点头。

“我跟安德鲁·董谈的是即将在梨泰院开业的新餐厅的食谱，决定请他负责餐厅的整体造型，当然也讲了关于装修的事。出于保密的考虑，我们用的是英语和意大利语，因为那里人太多了。”

“你的名字是Gale？”

我看着他。

“韩在石大概是听到安德鲁叫我的名字，错把Gale听成Gay

（同性恋）了。自己想听到什么就错听成什么，你那个后辈真行啊！我知道韩国时尚界是个了不起的地方，但没想到会把我变成同性恋。”

韩在石这个该死的家伙！或许这都是我把他和韩智仙本来没什么的约会说出去，因而付出的代价。但这也太残酷了吧！我紧咬着嘴唇。如果把我和朴佑振的事编成连续剧，我扮演的角色就是总闯祸、没头脑的傻妞——面对心上人，恨不得每一刻都给对方留下好印象，却每个瞬间都令人啼笑皆非。

他看着我的眼睛。

“我不是同性恋，你不是比谁都清楚吗？”

在我开口之前，他又伤感地说：

“难道那是我的错觉吗？”

突然，我感觉这个空间窄得不可思议，就像在舞台上流泻而下的圆柱形灯光中只有两把椅子，以及我和朴佑振。他走到我身旁，坐到椅子上，距离近得我能感觉到他的呼吸。我很怕这个男人再靠近一点会发生什么，于是条件反射似的蹬着地，连同椅子向后挪了挪。

“说实话，我没有认为你是同性恋。”

“说谎！”

“为什么不相信我的话？”

“真气人！”他抓住我的手腕，“你从不相信我的话，为什么我一定要相信你的？你从来都没好好听我说话！”

“不是的！”

“我不是你想的那种外科医生。”

“什么？”

“你总这样。”

我瞪大眼睛，盯着朴佑振说：

“我明明听说是。”

“不是！你总是只听自己想听的，跟韩在石一样。”

我想说话，但朴佑振用手指压住我的嘴唇，直视着我的双眼，平静地开口：

“从现在开始，好好听我说，因为我要明确回答你的问题了。是的，我知道当年是我错了，所以才这样心甘情愿地接受惩罚，明明快要气疯了，却拼命忍耐。说我是同性恋，根本是没影儿的事。你是想考验我的忍耐力吗？”

几天前那个夜晚的回忆涌到脑海里，我一动也不能动。他紧紧攥着我的手，攥得生疼，不肯放开。就这样紧握着我的手，他深深地凝视着我的眼睛说：

“我喜欢你，你还不知道吗？”

“……”

“怎样做才能得到你的原谅？到底要我怎样做？”

他轻叹一口气，低下头，停了很长时间。沉默在弥漫，时间仿佛分成了几千缕头发一样的细丝，散布到四面八方。在令人窒息的沉默中，我一动不动，头脑却在飞速运转，不停地想到底该说什么。

久久地沉默之后，他抬起头，我从他的眼眸里读出了深深的伤感。他看着握在手里的我的手，抚摸着我手指上的伤痕。我刚想说已经不疼了，他突然在我面前跪下了，就跪在那冰凉的地上仰视我。我俯视着他，身不由己地颤抖起来。

“别这样，都是我的错！我没事了，我原谅你。对不起！千万别这样！”

他从口袋里掏出一个小盒子，郑重其事地递到我面前。

盒子上有卡地亚的标志，应该就是恩英说的那次买的。

盒子里有一根项链，他拈起来，我吃惊地发现项链上挂着一枚闪闪发光的戒指，上面刻着“瑞贞”的缩写。

他全神贯注地凝视着我的眼睛，深情而不无伤感的话语令我震惊：

“我把你记得这么清楚，你怎么一点都不记得我了呢？你第一次游泳是我教的，你却完全认不出我来了。”

“……”

“从那时起，你就总让我笑。”

他落寞地笑着，像朵枯萎的花。

我们四个人曾在一个游泳池里待过。

瑞恩姐抱着两块浮板还说害怕，连打水都不敢练。瑞英姐不愧为模范生，认认真真地练习老师教的呼吸法。我在留心观察开在屋顶上的大窗户。一群戴白色泳帽的男孩在泳池的另一边练习自由泳。

两个姐姐上游泳课，我也一定要跟着去，是因为一刻也不愿意跟她们分开。哨声在室内游泳池里响起，我很喜欢那清亮的声音，也喜欢游泳池。暖暖的阳光透过蓝色屋顶上的窗户照进来，游泳池里碧波荡漾，真像图画书里才能看到的梦幻世界。我相信，带着闪亮皇冠的小美人鱼每天晚上都来这里唱歌游泳。

六岁，是以为只要扑通一声跳进水里，就会像鸭子一样浮在水上游来游去的年龄。

在游泳池里，穿着硕大的脚蹼的只有我一个。

我一摇一晃地跟在瑞恩姐身边，看她打水时总往水里沉，忍不住说：

“瑞恩姐怎么练游泳都不会，傻瓜姐姐啊，傻瓜！”

瑞恩姐总是伴随着我的笑声，稍微扑腾几下就沉进水里。

我觉得太可笑了，每次看到都乐得直想笑。

“那你游得好吗？”

对我提出这个问题的，是一个自由泳游得漂亮极了的高个子男孩。

可能……是那样。

但是在我的记忆里，清晰可见的不是那个男孩，而是一边抓着黄色浮板扑腾一边向我翻白眼的瑞恩姐。姐姐十分擅长跑步，但一到水里就往下沉，我觉得太有趣了，总是笑得上气不接下气，故意逗弄姐姐。

“人生又不会因为学不会游泳就怎么样了，我长得漂亮不就得了？”

几天后，瑞恩姐真的把泳衣束之高阁了，后来再也没有去过游泳池。

后来我总是想，或许瑞恩姐正是因为我的话才放弃了学游泳。或许正是我的话，我一时的童言无忌，使姐姐葬身于又深又冷的汉江之中，是我害死姐姐的。

我的记忆完全封闭了，是我自己封闭的。

为了忘记每天夜里都梦见的姐姐被卷入水中的样子，为了活下去，我不得不那么做。

我看着朴佑振——二十五年前那个有着温和目光的少年，那个曾经抓着六岁女孩胡乱踢腾的小腿、反复给她讲解游泳要领的少年。

泪水流了下来。

他抱住我。

我被拥进他的怀里，动也动不了。

他像坦白秘密一样在我耳边低语。

那声音太缥缈了，我为了听清楚，跟他紧紧贴在了一起。

“病人死了，跟肚子里的孩子一起。十四点二十四分。死亡时间是我宣布的，当时，我的世界完全崩塌了。两个人死去，都是因为我，手术前大部分同事反对，但我坚持只有做了手术才两个都能救。那时我还不曾有过失败的经历，一直以为自己无所不能……可谓不知天高地厚。那时的我不是一名医生，而是一个手术狂热分子。”

从他的声音里，能感觉到尚未燃尽的痛苦的残片，那不是作为回忆，而是作为刻骨铭心的痛苦留下来的。剖腹剜心般的悔恨随着话语流淌，他那强有力的怦怦心跳传进了我的心。他像个患了热病的人，身体越来越烫。

“所有人都说，每个大夫都会有类似的经历，都像我一样痛苦过，但都扛过来了。他们鼓励我坚持就是胜利，让我用成功来证明自己的能力。但那时的我，谁的话都听不进去。”

他停了一会儿，轻叹一口气。

“然后你又出现了，而我正一片混乱。从事故发生那一刻起，我对什么都集中不了精神，连手都开始发抖，因此又发生了另一起事故。那天也……”

“……”

“当时的我，连自己都无法接纳，更不用说接纳另一个人了。每天吃安眠药也睡不着，一切都纠缠在一起，不知道该从哪儿着手解开，倒不如果断地剪断更好，因此我只能选择离开。”

“……”

“在厨房里一天工作二十个小时，但即使那样累得半死，还是有四个月一点都没能睡。你相信吗？一个人四个月不睡觉！”

他噙着的泪水顺着脸颊滑落，我为他拭去。穿着高跟鞋，踮起脚跟，世界仿佛高了十厘米，我居然可以平视他的双眼了。

“你知道我的经历吗？我害怕桥又塌了，一度不敢睡觉，直到现在，没有音乐，我就无法过那座桥。”

“……”

“你记得圣水大桥倒塌的日子吗？一九九四年十月二十一日。为什么是那天？为什么偏偏是那天？你知道这个问题我思考了多长时间吗？思考得头痛，头痛得要命。”

朴佑振震惊地看着我说：

“那天……是你的生日啊！”

我点了点头，呜咽着说：

“为什么每次过生日，我想忘记的一切就会跳出来？我最爱的瑞恩姐为什么死了？像妈妈一样的瑞英姐为什么非要去那遥远的非洲？而你为什么……你们全都离开了我，从圣水大桥的桥板掉进汉江水里那天起……”

他凝视着我，有力的手臂再一次慢慢地把我的身体拥进怀里。他的嘴唇和我的相遇了。我们的过去都赤裸裸地摆在对方面前，露出伤口。炼金术能使石头变成金子，烹饪能化敌为友，但真正神奇得惊人的，是一个人遇到另一个人后形成的恋爱场。在这奇妙的恋爱场中，尽管有过那么深的误解，有过极度的绝望，仍然可以理解彼此。我为此欣慰不已。

他的心跳声清晰可闻。

怦，怦，怦，怦……

圣水大桥的龟裂声总是不肯离开我的耳朵，而现在被他的心跳声盖住了，逐渐消失。他心里也有一个受伤的孩子，总是像小虫一样蜷缩在角落里，在黑暗中浑身颤抖，独自哭泣。我满怀爱怜，轻轻抚摸着他的背。或许我们需要的不是对他人的怜悯，而是学会怜悯自己。

我紧紧抱住他。

此时，我的双脚分明不在地上，而是悬在空中，但我第一次没有不安，也没有疼痛。

远远地，我看到那个十八岁的少女，那个在坍塌的桥上站了那么久的少女，在回眸微笑。

秘密与真实

1

跟 Doctor Restaurant 约好见面的日子到了。

我提早到了餐馆。其实更主要的原因是想见我爱的人。仅仅在一起几个星期，我已经无法想象自己在过去三十一年的生活中，怎么可以没有他做的食物，经常吃泡涨的意大利面度日呢？

站在厨房里，走在路上，躺在床上，我们不停地交谈。

关于过去七年的话每时每刻都在往外涌。

“第一次跟你睡以后，我以为自己怀孕了。”

在床上，我说出了一个关于他的秘密。

“要是真怀孕了多好！”

“是吗？”

“我就可以亲手给我的孩子接生，那样的话，或许我会重新燃起当医生的愿望。”

他对我笑，脸上带着落寞。我一阵心酸，把脸埋进他的胸膛。

“我还从没想过那种可能呢，我的孩子会是孩子他爸接生的，没有比这更特别的事了，真酷！”

他握着我的手，抚摸着我披散的头发，亲吻我的耳垂。他均匀的呼吸甜蜜地流入我的耳底。

“告诉你一个秘密吧。”

“……”

“其实，你什么都不穿的时候最漂亮。修身牛仔裤之类的更没必要穿。”

“你看没看我写的修身牛仔裤体验记？”

我凝望着他。

“七年里，你写的报道我全都读过，你负责造型的照片也全都看过。”他突然大笑起来，“说了你别不高兴，你给他们穿的衣服可真是一塌糊涂啊！别担心，我最擅长的就是脱掉穿好的衣服。”

他调皮地笑着，轻轻脱掉了我的衬衫。

我们什么都没穿，在床上吃，床上睡，一起过了三天三夜。如果能挂在他的脖子上，一辈子吃他做的食物，似乎也不错。我希望我们是连体婴儿，就可以一直待在一起了，像过去我和亲爱的姐姐们一样。过去的时间太可惜了！我的视线一刻也不愿意离开他的脸。

“我觉得民俊前辈有可能是同性恋。”

“你该相信的是眼前的人，而不是传言。食物也一样，如果不能参透材料的本质，就不能做出像样的食物来。”

我看着朴佑振。

“可是，你不就从我眼前消失了吗？”

“或许我切断两个手指，正是要向你赎罪。”

他一脸认真地说。

“说什么哪！”

他只笑不开口。

“我有事问你，为什么认为那个男人会跟我玩游戏？”

“哪个男人？”

“Doctor Restaurant。”

现在对我来说，朴佑振的看法比谁的都重要。

“你为什么相信 Doctor Restaurant 是男人呢？”

“我不觉得是女人。”

“依据是什么？”

“看文风，有那种感觉。对美食的评论标准也很男性化，尖锐，辛辣，直截了当。”

“你这种看法太感性了。”

“说起来很复杂，但对我来说，这个人就像长腿叔叔一样，如果不是男人，我大概会失望。”

我叹了口气，又问他：

“你要不要见见 Doctor Restaurant？”

“那是你的事。”

“真够冷血的啊，朴佑振先生！”

“这明明是公平。Doctor Restaurant想见的是你，又不是我。而且我知道，李瑞贞一定能搞定。”

“我总闯祸。”

“但关键时刻总能做到点子上。你是伟大的‘说服女王’，连我这样的倔脾气都被你说服了。一定会顺利的！”

他拍拍我的肩膀，他得手刚采过迷迭香，散发着芳香。

我的心跳开始加速，不是因为朴佑振，而是马上就要见到我的 Doctor Restaurant 了。

2

客人开始涌入餐厅。ABOUT原则上不接受预定，因为不能为届时不到的客人白空着位子。此时，所有位子都坐满了，只有我坐的四人桌还有空位。

我看了看手表。

傍晚 7:20。

Doctor Restaurant 约我见面的时间，已经过去二十分钟了。

因为太紧张了，我感到肚子空空的。不光手掌，连手背似乎都在冒汗。我去了卫生间，在镜子前端详自己的脸，看到嘴唇干得裂口子，就喝了一杯水，又涂上保湿的唇彩，还用粉饼和粉刷补了一下妆，在手腕上喷上了香奈儿五号。

我抬起右手放在左胸上。

怦，怦，怦，怦……

现在，我不再害怕自己体内的心跳声了。

一切都会好的。

我推开卫生间的门走出去，刚坐到位子上，恰好看到主编推开门进来。

“哎呀，瑞贞！”

我吃惊地看着她。怎么回事，难道走漏消息了吗？会不会是我一时兴奋把要跟 Doctor Restaurant 见面的事透露给她了？为什么主编非要在这个时候出现在ABOUT呢？真让人头疼。如果她知道我跟Doctor Restaurant约好在这里见面，也许会说要亲自采访他。

“主编！”

主编很不识相地坐到了我对面的位子上。

“我也约了人在这里见面，可没位子了，怎么办？”

主编看着我，笑得很古怪。到底是什么意思？难道希望我识趣地把位子让给她吗？

“确实如你所说，这里有头有脸的人还真不少，环境看上去也的确不错！”

主编环顾四座，点了点头，露出满意的表情，然后看着我说：

“对了，你的‘一桌餐馆’报道写完了吗？我对你这篇报道期望很高啊！”

唉！到了这样的地方，不谈工作多好。可世上的老板们总是倾向于把公事和私事混在一起。

服务员拿着菜单和盛冰水的杯子走过来，把菜单摊开放到桌子上。

我突然想到，被主编这样缠着，Doctor Restaurant会不会走掉。他推开门走进来，看到我对面坐着主编，感到不悦，径直离开了怎么办？

“主编，对不起，这个位子已经有人了。”

“我知道。难道你会一个人来吃饭吗？”

主编毫不在意，用手指弹着杯子。

“主编！”我提高了声音，“我是在工作。”

话说到这一步，希望她能听明白，起身避开，但主编反而笑盈盈地支起下巴，看着我说：

“知道，你是来见 Doctor Restaurant 的。”

我惊讶地瞪着主编。

“我知道你是在执行任务，我都知道。”

主编嘴里嘟囔着，翻开菜单，像念读者来信似的一字一句地说：

“这家餐厅的鳕鱼籽做得非常好，嚼起来咯吱咯吱的，口感不错，在嘴里弥漫开来的大海的鲜香也没得说。意大利面也是不错的选择，奶油通心粉加入了大量的瓦尔蒂昂奶酪调味，料足味浓。但只要来了这里，肚子再饱也不能错过提拉米苏，这里的提拉米苏，是采用真正上等的马斯卡彭奶酪制作的，意大利乡村风味浓厚，总是盛在杯子里端上来，的确正宗。这家餐厅，给三星也不为过。”

我呆呆地看着主编。

“负责餐馆报道的记者认为如何？”

“……”

“先尝尝配番茄调味酱的炸螃蟹好不好？喝什么红酒呢？”

“原来是——主编！”

“嘘，小声点！别让人听见。”

我看着 Doctor Restaurant。

不是“他”，而是“她”。

3

推开玄关门，宽敞的客厅里只放着菲利浦·斯塔克设计的沙发，显得空荡荡的。远远看去，奶白色的沙发像是浮在太平洋上的无人小岛。

一看这个地方就知道，主人随时可能离开，一切生活必需品都可以塞进一个大行李箱里。主编频繁出差的生活状态，通过她的家居风格一目了然。我走到连窗帘也没挂的窗前，俯视永东大桥上来来往往的车辆，看着玻璃上映出来的我的脸，嘴里嘟囔着：

“我理解不了。”

“你没必要理解，那是你不关心也无法理解的公司内部的政治问题。”主编给自己倒了一杯威士忌，对我说，“直到现在，你也不明白我为什么一而再再而三地把递了辞职信的你拉回来吧？”

这个问题我并不是没有想过，但每次回公司都面临截稿，等忙得四脚朝天的截稿期结束后，我仿佛忘了辞职的事，感觉这里原本就是我应该待的地方。

“那是因为季者。”

“……”

“你作为记者缺点很多，让人很难期许你未来的发展，而且还感性十足。瞧那封信，难道你以为那么做就能打动对方吗？”

啊！说的是我给 Doctor Restaurant 写的那封信。

“不过还是很感人的，我没想到你会写一封二十页的信。”

主编把一杯做好的特浓咖啡放到了茶几上。或许我正需要特浓咖啡的提神效果。

“不过，你也有人所不能及的优点，尤其是把你所有的缺点综合在一起，居然就变成了一个很大的优点，确实令人吃惊。你做什么都围绕着写好报道这一件事，对工作也怀有纯粹的热情，不掺杂私心杂念。”

主编在威士忌杯里又放了一块冰块，一口气喝光了。她到底想说什么呢？我猜不出。

“《A》杂志是最棒的杂志，但自从改了开本和设计后，每次开会都听到关于‘太出格’的批评。有人发牢骚说突然加大了开本，图书馆里都放不下了。有人说照片拍得太前卫了。告诫说报道要符合读者眼光的更是大有人在。”

“……”

“去年我们杂志发生了什么事，你知道吗？”

主编问我。

“去年？”

“会长因为健康原因退休了，他儿子——三十四岁的新社长掌管了公司，这导致公司的权力分配彻底改变了。”

主编停下来看了我一会儿，又接着说：

“他根本不懂杂志，靠父亲一夜之间当上了社长，对杂志的远景规划能了解多少呢？在这个MBA出身的商人看来，杂志只不过是令人头疼的亏本生意。但毕竟我们杂志的认知度很高，社长也不能轻易将它卖掉。可是，偏偏这时有个公司出了很高的价格。”

“那种传言不是一直都有吗？”

“主要是时机选得恰到好处。社长一直想把财政状况一塌糊涂的烹饪杂志和会员杂志一起处理掉，但这两本只能躺在书店里落灰，当然没有哪个公司愿意买了。不过，如果同时能买到《A》杂志的许可权，那就另当别论了。”

“难道社长想打包出售？”

“没错，这是演艺娱乐公司捧明星时惯用的手段。”

“听说公司买了一份新杂志的出版权，还说季者前辈要去那份新杂志当主编，公司里外已经传得沸沸扬扬了。”

主编摇了摇头。

“你不会相信那些传言吧？社长对杂志自始至终都没什么兴趣。为了跟这个想卖掉《A》杂志的家伙对抗，你猜我都做了什么？”

我一脸疑惑地看着主编。

“我去找老会长了，我在他手下干了二十多年，是我们《A》杂志的活见证。当然，告诉那位老人，他儿子要把他耗费毕生心血建立的王国毁掉，的确令人难以启齿。老会长给了我尚方宝剑，他相信我会用在点子上。”

主编脸上挂着一丝苦笑，又说：

“阅尽人间稀奇事，最终背叛父亲的都是儿子。把刀插进父亲胸膛的，不是公开的敌人，而是父亲最爱最信任的儿子，这是人类最致命的悲剧之一，是不是很有意思？”

“……”

“我千方百计留住你，是因为你是负责Doctor Restaurant专栏的最佳人选。季者是个个人色彩过于强烈的人，占有欲也很强，杂志不能按照她一个人的色彩来做。我们需要均衡与和谐，因此，我必须要有你。而且，季者嫉妒你，因为她所没有的——敏感、直觉和得心应手的表达能力——你都拥有。”

“主编！”

“我第一次见季者是十七年前，她是个有野心有能力的后辈，酒后曾大言不惭地说想当《A》杂志的主编；结婚后更是野心勃勃，只要感觉有人对自己构成威胁，无论是谁都会扑上去撕咬。她把你们搞得多么辛苦，我也知道，因此你们愿意相信，她是个把小狗从十六楼扔下去的狠毒无情的女人。”

主编的脸上浮现出一种奇怪的笑容。

“但是，把个人喜欢的人和工作需要的人区分开来，对于事业来说非常重要。大部分人就是因为做不好这一点而失败的，这也是女人最大的缺点，尤其是像你这样的女人。”

“因此就制造出Doctor Restaurant这个人物欺骗老实的我吗？”

“那不是理所当然的吗？既然安排你负责，当然先要欺骗你了。”

“主编！”

“只有那样，人们才不会怀疑我。Doctor Restaurant 专栏的设立完全是从商业目的出发。我也需要一件秘密武器，可以一下子挡住涌向杂志的责难。被 Doctor Restaurant 抨击的人中也包括社长，社长夫人经营的餐厅也没能幸免，算是一种警告吧。”

我盯着主编的脸，此时的她，脸上看不出任何表情。

“我首先向社长亮出的牌，只能是实际销售册数和广告占有率。最重要的是，利用杂志制造出有吸引力的话题，提高知名度，营造出谁都无法侵犯的光环。”

“所以制造出 Doctor Restaurant 这个虚拟人物？”

“对，自从有了 Doctor Restaurant 专栏，你知道我们杂志的购买率上升了多少吗？广告占有率呢？销售册数呢？凭借 Doctor Restaurant的人气，我也能抵挡得了经营层的不满。我卖的不是平凡的牛排之类，而是牛排那迷人的响声和诱人的味道，人们更热衷那些东西。”

主编舒舒服服地坐在沙发上，点了一支烟，吐出一口烟雾，轻叹一声。

“去纽约参加时装周时，我跟季者一起去过四季餐厅。朴佑振厨师当时在那儿工作，他制作的食物……真可以说是散发光彩，令人感动。我以自己的方式做了一些调查，认为朴佑振这个男人是最符合杂志需要的人物。在开始编造 Doctor Restaurant 的故事之前，为了寻求餐厅方面的信息，我去找他咨询过，他虽然彬彬有礼，但态度很冷淡。”

我瞪着主编问：

“主编的意思是，那个人对 Doctor Restaurant 的来龙去脉有所了解？”

“不！我遭到了拒绝，而且是在五分钟内。”

的确是朴佑振的风格。虽然此刻谈的是严肃的问题，我还是忍不住想笑。

“现在 Doctor Restaurant 的时代也该结束了，真相已经大白，再也没有意义了。季者这会儿也该对 Doctor Restaurant 略知一二了，不过我不担心，可能在她去美国之前，把这个玩笑一样的故事当成临别的礼物送给她。”

“季者前辈要去美国？”

“对，所以我不能没有你。李瑞贞，你马上就会升为首席记者，成为《A》杂志专题部的顶梁柱，明白了吗？”

“……”

“公司很快就要组建新的事业团队，以《A》杂志丰富的内容为基础，推进网上商城事业。我们杂志对女性有多大的影响力，到这时候，社长也该明白了。他并不笨，利用这种影响力能赚多少钱，他应该心知肚明。”

“社长决定不卖《A》杂志了啊？”

“他已经制订了远大的计划，要利用互联网发展网上商城和传媒事业。我正考虑把让人头疼的韩在石派去商城事业部。”

主编脸上挂着似笑非笑的表情。

“这段时间我一直催你挖掘Doctor Restaurant的秘密，现在告诉你一个真正的秘密好不好？”

“秘密？”

“你以为把小狗从十六楼扔下去的真是季者吗？”

主编看着我的脸。

不知为什么，她那张似笑非笑的脸上露出了莫名的悲哀。

P.S.

狎鸥亭洞五号出口。

离约定时间还有二十五分钟。

为了比对方提前到达，我没有坐车，而是一路步行，呼吸越来越急促。肩上的包里放着长达十页的采访提纲，还有多达百页的资料和旧日记本。

我带这么大的包，是因为可以把喜欢的东西全装进去。这个包大得任何想装的东西都能装得下：iPod，化妆包，名片册，太阳镜，矿泉水瓶，伊恩 · 麦克尤恩的小说，三本杂志，四本摄影集，还有以备万一的运动鞋。

曾几何时，听到一位艺术家说要为艺术牺牲自己的生活，我很感动。艳羡那种生活的高贵，我曾一度觉得自己的生活过于平庸。但现在，我再也不会为时尚牺牲自己的生活，再也不会为穿修身牛仔裤而盲目减肥，也不会因穿十五厘米的高跟鞋而滚下台阶了。

当然，我并不是说变胖是好事。

女权主义者说要爱自己肥胖的身体，我的大脑能够理解这种说法，但身体不能接受。我这个女人，亲朋好友说吸烟有害健康应该戒掉，我是听不进去的，但如果是皮肤科大夫威胁说继续吸烟，皮肤会越来越糟，我会欣然从命。

维多利亚·贝克汉姆说，个子矮就穿高跟鞋，对皮肤没自信就化妆，对此，我乐意投上一票。尽管如此，贝克汉姆夫人因整容成瘾而时常改变的容貌，因过度减肥而瘦得像僵尸般的身体，以及突出的嘴唇和颧骨，实在令人触目惊心！归根结底，均衡才是王道，过度只会制造丑男丑女。

我依然抽烟，三十一岁应该加入的保险或人手一份的基金都没有。但是，我每天一边抽烟，一边吃维生素，在付信用卡账单都很困难的情况下，却依然给患绝症儿童和非洲的孩子捐款。自从采访了使用有机农咖啡的咖啡馆后，在为符合伦理、不剥削童工的咖啡农户募捐方面也一马当先。

从此以后，我不再为什么是伦理苦恼了。那种事情，伦理学家会比我更用心地思索。

对我来说，将爱马仕迷人的橘色挎包收入囊中和为贫穷饥饿被遗弃的孩子尽责的欲望同时存在，因此每个月为支付这两种账单而忙得双腿劈叉。

“自己的事都搞不好，还……”妈妈一脸不满地看着我。

我故作轻松地回答：

“我练了这么多年的瑜伽和普拉提，劈叉之类根本算不了什么。”

远处有两个穿轮滑鞋的女孩沿着坑坑洼洼的地砖路滑过来，

脸上都挂着七八个金属环，夹在鼻子、嘴唇和耳朵上，叮叮当当地滑过路口，很快消失在居民小区方向。

我推开咖啡馆的门，走进去坐下。碧蓝的天空中没有一丝云，阳光像幽灵一样无所不在。我托着下巴向窗外看去，家乐丽雅百货门前停的车比人还要多，宝马、奥迪、奔驰、宾利等排着长龙，我情不自禁地笑起来。

欲望的巨大停车场啊！

对。

这就是我工作的地方。

主编是对的。

《A》杂志每个月都在刷新销售纪录。

新的事业团队已经组建起来。

幸好，没有发生调韩在石去商城事业组的悲剧性事件。

当然，把自荐书和简历改了几十次的韩在石还是那么闹腾，创刊纪念派对时穿的T恤衫上印着他设计的标语——“《A》是所有字母之首”。我没有对此嗤之以鼻，而是轻轻拍了拍他的肩膀。我正在学着对他人恻隐，对自己宽容。

也有令人心痛的事。

在石必须马上设计一个新的标语——送别民俊前辈的标语。

民俊前辈决定到英国的中央圣马丁艺术与设计学院进修。他从未放弃过成为时装设计师的梦想，也的确才华横溢。本以为主编不会轻易放他走，但我错了。虽然不知道背后有什么交易，但在主编的大力支持下，民俊前辈有了为期一年的海外进修机会。那是金慧淑主编与社长协商顺利的明证。

我身上，也有不幸的事。

民俊前辈最终没有参加我的生日派对，不过送来了生日卡和亲自设计的漂亮T恤衫作为礼物。但是，他给我的生日卡上写的不是“瑞贞啊，我真的喜欢过你”，而是告白说：“对不起，我喜欢过佑振前辈。”

啊！

那天我吐出的话，似乎就是浓缩了一切的这个字。

今天我仍在传言和真实之间苦恼。如果说有所领悟，那就是处理矛盾绝不是编剧的专利，现在我处理的就是更加杀气腾腾、更具有现实性的矛盾。我尤其发现，阅读某个人藏得很深的那一页，读后会心痛，是真正成熟的证据。

“把小狗从十六楼扔下去的不是季者，而是她的孩子。”

那天，主编默默地眺望了永东大桥很久，才第一次讲到了季者前辈的孩子。

“季者对传言不作任何辩解，是为了保护孩子。”

对《A》杂志的人来说，季者前辈的孩子就如同不存在一样，她的书桌上从未出现过妈妈总会摆放的孩子的照片或全家福，也从未具体谈过孩子的事。

“那孩子从一出生就有发育障碍，心脏也有问题。作为一个生病的孩子的妈妈，她不得不变得无情，因为如果自己哭泣，孩子也会跟着哭泣。如果季者是个无能的妈妈，那孩子可能早就死了。”

“我……真的不知道。”

“我知道。”主编看着我，“没必要非得为了孩子就放弃穿高跟鞋，即使不换成运动鞋，穿着高跟鞋一样可以屈膝看着孩子的眼睛。季者要去美国见心脏畸形治疗专家，事情结束后一定会回来的，这是我劝她说不能因为孩子放弃自己的事业、极力挽留的结果。我相信你会明白为什么对你说这些——你是个又热心又聪明的孩子。”

我们就那样眺望着像是浮在汉江上的大桥，很长时间没说一句话。

生活似乎依然充满了难以解决的问题，但只能为那些殚精竭虑寻找答案的人着急，而不能越俎代庖。想到看上去坚实牢固的汉江大桥也可能突然倒塌，我不由觉得，此时此刻，没有比理解就在身边的人更重要的事了。

我决定不为民俊前辈哭泣，笑着祝福他的未来。我也不会说，误会消除了，所以我理解季者前辈了。我还是不了解她，但是，彼此以牙还牙以眼还眼的日子一去不复返了，从此以后，至少不会听信传言，我误解她、她误解我了。突然，心底深处郁积的怨气一下子消散了。

是啊，就像某位诗人说的那样——伤痕将化为花朵。

而且，我要永远记住妈妈喜欢的那句话：

即使讨厌，也要再给对方一次机会！

有人推开咖啡馆的门走进来。

似乎是从西藏或印度来的僧人，锃亮的圆脑袋吸引了我的目光。我想起小时候读过法顶师父写的《无所有》，当时没有任何感动，反而问老师：

“为什么人什么都不应该拥有？这不合理！”

看了宣扬人生必须顽强地独自突破难关前进的小说，我问：

“一个人多无聊，两个人一起走不行吗？”

我总是反其道而行，总是闯祸。尽管如此，我喜欢的描绘人生的词语却是“和谐”、“平衡”、“关系”、“和平”等等，或许正是依靠这些词，我才能容忍自己没完没了的失误，并活下来。

米兰·昆德拉的小说《生活在别处》，我是大学毕业时读的。

那本小说是谈了四年恋爱的男朋友作为分手纪念品送给我的。

书的扉页上写着：

“为了瑞贞的美好未来……”

他不为我们的过去负责，不安慰当时的我，居然替我的未来操心！但我还是把前男友送的这本书看完了，这是我为二十几岁的恋爱画上句号的告别仪式。毕业后，为写报道找资料时，我发现《生活在别处》本来是想以“抒情时代”为书名的。

抒情时代。

我将其翻译为“瑞贞时代”[①]。

就像有人在杂志上读了我写的报道而有了梦想一样，我也相信，可以放飞我的梦想的时代即将到来。如果有人问我这样想有什么根据，我会举出这本书的题目。

不是“生活在别处”，而是“瑞贞时代”！

手机短信提示音响起来。

“李瑞贞记者，我五分钟后到。再说一次，不可拍照，不可公开真实姓名，绝对不可使用第三人称。请一定遵守约定！拜托

---

① 在韩语中，“瑞贞”与“抒情”同音。

你了！”

我看着短信，是主编发的。

这是我不递辞职信留在《A》杂志的真正原因——我的生活并非在别处，而是像一直以来一样，就在眼前，就在这里。

我今天终于要采访 Doctor Restaurant 了！

后　记

这部小说是在各种各样的场所写成的。居民区的咖啡馆、图书馆、工作室、我家的大床和旧皮沙发、地铁六号线、飞往英国的大英航空公司的飞机……甚至在戛纳电影节开幕前，我还在尼斯的小旅馆里，脑袋上捆着布条，戴着太阳镜，奋笔疾书。

小说的一半是在旅行途中执笔的。那时，我作为年龄最大的人和唯一的亚洲人参加了为期一个月的欧洲巴士旅行团，遇到了各种各样的人，有新婚旅行的年轻英国夫妇，有身高一米九三的意大利法院雇佣警察，有对巴西女友念念不忘的澳大利亚工程师……

我从不认为我写小说是出于孤独，但这次旅行途中，孤独时常把我赶到小说里。在操着独特口音的英语、具有不同国籍的人们中间，我一到晚上就说要写报道，跑回房间，坚持不懈地写了这部长篇小说。

在写这部小说的时候，我脑海里常响起主人公的声音。名牌成瘾者，购物女王，阿谀奉承的高手，冷嘲热讽的厨师，患上微笑症候群的工作狂，他们乒乒乓乓地打架，和好，哭，笑，怄气……写长篇小说虽然很累，但也有很愉悦的一面：在键盘上奔跑的手指时而跳起华尔兹，时而跳起探戈，这种惊人的体验，如果不是作家，恐怕很难享受到。

像小说的主人公李瑞贞一样，我也时常苦恼该如何协调两种纠缠在一起的欲望，我认为这是这个时代热情工作的都市女性共同的苦恼。怎样才能在保持苗条身材的同时拥有健康？去旅行时怎样才能帮助贫穷的当地人而不是财大气粗的旅行社？对普拉达的世俗欲望和为第三世界儿童捐款的高尚欲望该如何协调？

我感觉，在这个复杂的社会上，单向的“主义”和“苦恼”之类已经消失得无影无踪了。因此，这部小说，我想大胆地定义为关于“和解”的成长小说。跟过去和解，跟曾经的仇敌和解，跟真正的自我和解，跟世界上存在的多姿多彩的风格和解……

对选中这部尚有很多不足的小说的评审委员老师，对以出版好书为已任的艺谈出版社，我想表达特别的感谢。为我的餐馆取材提供帮助的各位，也请接受我温暖的感激之情。我的第一部小说献给H——他喜欢“无聊”这个词胜过“孤独”，喜欢“有那么一点想念”的说法超过“非常想念”。

2008年4月

图书在版编目(CIP)数据

大酱女 Style/〔韩〕白荣玉著；荀寿潇译.—海口：南海出版公司，2010.1

ISBN 978-7-5442-4629-3

Ⅰ.①大… Ⅱ.①白…②荀… Ⅲ.①长篇小说－韩国－现代 Ⅳ.①I312.645

中国版本图书馆 CIP 数据核字(2009) 第 238524 号

著作权合同登记号 图字：30-2009-236

本书由韩国文学翻译院资助发行

DAJIANGNÜ

大酱女 Style

作　　者	〔韩〕白荣玉
译　　者	荀寿潇
责任编辑	翟明明
特邀编辑	杜益萍
装帧设计	新经典工作室 · 金　山
内文制作	郭　璐
丛书策划	新经典文化 www.readinglife.com
出版发行	南海出版公司　　电话 (0898)66568511
社　　址	海口市海秀中路 51 号星华大厦五楼　邮编 570206
电子邮箱	nanhaicbgs@yahoo.com.cn
经　　销	新华书店
印　　刷	三河市三佳印刷装订有限公司
印　　张	8
字　　数	173 千
开　　本	890 毫米 × 1280 毫米　1/32
版　　次	2010 年 1 月第 1 版　　2010 年 1 月第 1 次印刷
书　　号	ISBN 978-7-5442-4629-3
定　　价	20.00 元